Ecstasy

（エクスタシー）

山川健一
春口裕子
内藤みか
斎藤　純
小沢章友
菅野温子
浅暮三文
藤水名子
渡辺やよい
山田正紀

祥伝社文庫

目次

山川健一　ハメ撮《ど》り師　7
春口裕子　籠《かご》の鳥　31
内藤みか　隣の駅の女　55
斎藤純　ギター弾《ひ》きの指　89
小沢章友　ささやき愛　123

菅野温子　年上ハンター　145
浅暮三文　乙姫様《おとひめさま》　169
藤水名子　琵琶行《びわのうた》　191
渡辺やよい　私は穴　215
山田正紀　ネイキッドロード　237

Ecstasy

『ハメ撮《ど》り師』

山川健一

1

恵《めぐみ》を大理石の階段の中央に立たせ、岸川はデジカメのシャッターを押す。恵はバックスキンの黒いブーツをはき、ストッキングには花柄の模様が入っている。その模様が、内ももの間の暗がりを華やかなものに感じさせていた。足首から膝までは細く、だが太股は細すぎるというわけではない。

スカートは短く、濃いベージュのセーターの胸はふくよかで、コートは右腕にかけている。階段を登りきった右側は花屋で、赤や黄色のバラの花が見えていた。

「右足を上の段にかけてくれないかな。そう、こっちにお尻を向けるんだよ」

すべての女達は女優なのだ、と誰かが言っていた。まったくその通りだと岸川は思う。カメラを向けさえすれば、彼女達の瞳は潤みはじめるのだ。

まだパンツを撮るのは早すぎる。だから、白い下着が見えないぎりぎりのカットを、岸川は撮り続ける。

恵を、海に面したデッキに連れ出した。黒い鉄パイプの柵にもたれさせ、首筋や顎を下から狙う。

「もう感じてる？」

「やだ、そんなことないですよ」

だが、たいていの女は、岸川が下着の中に手を入れると既に濡れているのだ。

観覧車に乗った。平日の昼間なので、すいている。海や運河や駐車場が小さく見える頃、ベンチシートの上に、恵に脚を投げ出させた。ブーツから伸びた脚と、ストッキング越しの白いパンツを撮る。岸川は脚フェチなので、どうしても脚のカットが多くなる。

「脚を広げてごらん」

「ここでですか？」

「観覧車って密室だから、ぜんぜん問題ないよ」

岸川は屈みこみ、なかば床に這いつくばって恵のスカートの中を撮った。ストッキングに包まれた女の脚は、きれいにラッピングされた甘いキャンディのようだ。手を伸ばし、膝を開かせてシャッターを切る。

膝をつかんだ自分の手も入れて、さらにシャッターを切る。

ファインダー越しに眺めると、恵は不機嫌そうな顔をしていた。

「ぱっと見はきつそうな顔だよね。怒ってるのかな、みたいな」

「ああ、よく言われます」

「おれのこと嫌いなのかな、みたいなきつい顔だけど」

「そんなことないですよ。これが普通なんです」

話しながら、パンツの中心の柔らかな部分をそっと撫《な》でてみる。不機嫌なわけではなくて、恵は眉根をよせた。

岸川と恵は、知り合ってからまだ二時間ほどしかたってはいない。いつものように渋谷のクラブにハメ撮りのモデルをナンパしに行って、二十万のギャラでこの子をゲットした。デジカメで静止画を撮影し、ホテルに行ってムービーも撮影し、そいつを知り合いの事務所に納品する。彼らはそれを、インターネットの会員向けサイトにアップするのだった。

二十万のギャラが高いのか安いのか、岸川にはよくわからない。顔出しでセックスするわけで、インターネットは誰が見ているかわからないのに無茶なことをするもんだよなと思う。だが岸川がつき合いのあるサイトだけで、既に数百人の女の子達が顔出しのハメ撮り写真を撮らせているのだった。

岸川は恵のセーターをまくり上げた。ブラの上からいきなり胸を強くつかんだ。

「あっ……」という声がもれる。

「自分で胸をつかんで。そう。ブラとっちゃって」

女の子の乳房を最初に見る時、岸川は今でも緊張する。大きさや形は？ それに何より、どんな乳首なのだろうか。大きさよりも乳首の美しさのほうが、岸川には大切なのだった。

恵は両手で、ブラを押し下げた。白い乳房と乳首があらわれる。左手を伸ばし、そいつを揉んでみた。生理が近いのか、ずいぶん張りのある堅い乳房だ。

岸川はいったんカメラをシートに置いて立ち上がり、パンツといっしょにジーンズを膝までずり下げた。

「わかってるね。してよ」

恵はこくりとうなずくと、ひざまずいた。両手を岸川のコックに添えて、舌を使いはじめる。コックの裏側をリズミカルに舐め、ひんやりした細い手で袋をつかむと、すっぽりくわえて頭を上下させ始める。

カメラを高くかかげた岸川は、勘でレンズの位置を決めシャッターを切った。モニター画面で確認すると、恵の後頭部や背中、短いスカートから覗く脚が映っている。まくれ上がったセーターから見える素肌の背中が、きれいだった。

もやもやしてきて、岸川は射精する。射精する時は、と岸川はぼんやりした頭で考えた。金でやとったモデルであろうが恋人であろうが関係ねーな、と。

恵の口からコックを抜くと、彼女は顔をしかめてこちらを見上げている。

「それ、てのひらに出しちゃってよ。両手を広げて……そう」

唇の間から、白い精液がこぼれ出した。左手の指にしたシルバーのリングも、濡れてしまう。

「苦いよ」

恵が言った。

精液のついた唇を舌で舐めさせながら、岸川はシャッターを切る。恵にティッシュペーパーを手渡してやった。

「今までに何人の女の子とこんなことしてるんですか?」

不意に聞かれ、岸川は言葉につまった。コンピュータに保存した写真を確認しなければ、顔も名前も思い出すことができなかった。

2

ホテルの部屋に入ると、恵を窓際に立たせ、写真を撮った。ソファに腰かけさせ、ルームサービスでとったケーキを食べさせる。クリームをつけた唇を舐めるところを、カメラにおさめる。女の子のごく普通の仕草を撮影したかった。七十枚のセット写真を見ることで、読者が街で女の子をナンパし、ホテルに連れ込み、シャワーを浴び、やってからお別れする。そういうストーリィ性を感じることができるエッチ写真を撮るのが岸川の仕事なのだ。

ケーキを食べ終わると、恵はバスルームに行って化粧を直した。鏡に映った彼女の顔のクローズアップを撮る。床に寝ころび、スカートの中も撮った。

「パンツ見えると、感じる?」

岸川はフラッシュをたく。

「なんでだろうね。ただの布切れなのにさ。ちょっと、パンスト膝まで下ろしてみてくれないかな」

　恵が、内ももに花の模様があしらわれたストッキングを膝まで下ろす。素肌が剝《む》き出しになり、岸川は思わず手を伸ばした。

「やだ、くすぐったいよ」

　さらに手を伸ばし、指の先を下着の中に入れた。そっと撫でるともう濡れていた。ゆっくり第二関節まで差し込んでみた。シャッターを切るが、ちゃんと写っているかどうか自信はなかった。

「濡れてるじゃん」

　立ち上がり、濡れた人差し指を恵の鼻先に突き出してみた。濡れた自分の指の写真も一枚撮った。

「男の人って、すぐにそういうこと言うよね」

「えっ？」

「もう濡れてるな、感じてんだろう、みたいなこと」

　自分の指先を口に含むと、海の潮の匂いがした。

「ワンパターンかな」

「お酒飲んだって濡れるんだよ。知ってた？」

「へえ、そうなんだ」

　恵はベッドに移り、寝転がるとセーターを脱ぐ。ブラをとり、スカートを脱ぐ。その様子を、岸川はカメラにおさめていく。そろそろムービーも回さないとな、と考えた。最近は多くの端末がブロードバンド対応になったので、エッチサイトも動画が不可欠なのだ。

「感じれば濡れるけどね、それとイクのとは別のことなのよ」

　よく喋る女だな、と岸川は思う。だが、ふんふんとうなずいてみせた。ここでへそを曲げられてはかなわない。

「じゃあ、どうすればちゃんとイクわけ？　愛がどうしたこうしたって理屈じゃなくてさ、教えてくれるとうれしいんだけど」

　素っ裸になった恵が、ベッドの上に両膝を揃えて立てると言う。

「抱きしめてくれれば安心してイケる」

　俺の仕事はそれが難しいんだよなと思いながら、岸川はカメラをカーペットの上に置いた。ベッドによじ登ると、恵を抱き寄せる。すべすべの背中をさすった。

気持ちいいもんだなと思った。裸の女の子を抱きしめ、背中をさすっていると安心できた。撮影に忙しくて、そんなこともうずいぶん長い間したことがなかった。

「洋子《ようこ》って覚えてる?」

不意に恵が言った。

「誰、それ」

「岸川《きしかわ》さんに、こうやって写真撮られた女の子」

「いつ頃?」

「一ケ月ぐらい前」

ヨーコ、ヨーコ、ヨーコ……。思い出せなかった。

「忘れたな。友達なの?」

「同じクラスだから」

思わず、岸川は舌打ちする。

「ちょっと待ってよ。高校生なわけ? それ、まずいんだよな。わかるでしょ、それぐらい」

「もうあと二ケ月で卒業だよ」

「人妻だって言ってたじゃん」

「そう言わないと、ギャラくれないでしょ」

恵は正直にそう言った。裸の恵を立ち上がらせ、シャワーを浴びさせる。石鹸《せっけん》を体に塗りたくり、泡立たせたところを撮影した。

「洋子ってさ、黒のダウンに茶色のロングスカートで、東急本店のショーウィンドウの前で撮ってたでしょ」

「ああ、目の大きなショートカットの子？」

「そうそう。胸は小さいけどね」

「なんだよ。それも女子高生ってこと？　まずいじゃん。俺の友達、ＡＶでハメ撮りやってたんだけど、ナンパした相手が中学生で今入ってんだぜ。二年だってよ」

失敗だったな、と思う。二人も高校生だってことになると、かなりヤバイ。今回の素材は使えないかな。だとしたら、恵に渡す二十万は自腹ってことになってしまう。さんざんだ。

体にバスタオルを巻き付けて、一人前の女みたいな歩き方で恵がバスルームから出てきた。ソファに腰かけると、オレンジジュースを飲む。カメラを片手にぶら下げた岸川は、壁にもたれかかった。

「まさかヨーコちゃんがその後自殺したとかさ、そういう暗い話じゃないだろうな」

「そんなんじゃないよ」

いくらか、ほっとする。

「岸川さんのこと、好きになっちゃったみたいよ。ケータイにメールしても返事くれないって」

はい、はい、と岸川は思う。撮影を続けるべきかどうか、ギャラを支払うべきかどうか、岸川は思い悩んでいた。まあ、とにかく一発やっちまおう。後のことはそれから考えても遅くはない。

岸川はバスタオルを剝《は》ぎ、両膝をつかんで脚を開かせ、その間に顔をうずめた。柔らかな切れ目に、舌をはわせる。

「やだ、やだ、気持ちよくなっちゃうよ……」

岸川の頭を両手でつかむと、恵は声をあげ体をのけぞらせた。

3

いつもの撮影なら下着を脱がせる前にバイブを使ったり、たっぷり指マンしたりする。

だが、岸川は裸でソファに腰かけた恵の花の芽を舐めながら右手の指を差し込み、何度か動かすと、すぐにコックを突き立てた。

釣り上げられた魚みたいに、恵は体をピクピクさせた。突き立てると、岸川は安心することができる。撮影の仕事でもプライベートな時間でも、抱きしめてキスしたり裸にしたりしても、必ずしもやらせてくれるとは限らない。

生理なのと言う女もいれば、最初のデートで許すのは嫌だという女もいる。撮影の場合、裸を撮るだけだからと口説く場合も多い。

だが一度コックを突き刺してしまえば、後はこちらの思うがままだ。五分で終わろうが、二時間ぶっ続けでやりまくろうが、主導権はこちらにあった。

恵を起き上がらせ、ベッドに連れていく。一度脱がせたパンストをもう一度はかせる。パンストに包まれた脚や尻が、岸川は好きなのだった。

脚の間の花びらが、パンストに押しつぶされ変形している。恵の手を、パンストの中に入れさせた。中指で、こすらせた。

「指を折り曲げて、中に入れてごらん。そう、もっと奥まで。子宮に届くぐらい奥に入れなさい」

両手で、パンストを引きちぎる。ナイロンを強く引っ張ると、内ももからふくら脛《はぎ》にかけて、伝線していった。

「おっぱい、でかいじゃん」

そう言いながら、両手で乳房をつかむ。破れたパンストをはいたままの恵にのしかかり、その中心にコンドームをした硬い棒を突き刺した。焦《じ》らすようにゆっくりと、腰を動かす。この女の頭がおかしくなるぐらい、体がバラバラになり涎《よだれ》を流すくらいせめてやろうと思う。三日はひりひりで性器が使えなくなるくらい、こすってやろう。

「おっぱいは……おおきい……」

「なに?」

呻《うめ》き声をあげ、恵が続ける。

「わたし、おっぱいは、洋子よりおおきい……の」

ハメ撮りしようとしたら、恵は友達の洋子を知っているかと言ったのだった。岸川さんのこと好きになっちゃったみたいよ、と。

洋子の乳房を、思い出そうとしてみる。目の大きなあの女はストラップのない黒のブラをしていて、そいつをとると、薄い胸があらわれたのだった。色の白い子で、乳首も薄い色だった。

腰を動かしながら、岸川は恵の両腕をあげさせ、おさえつけた。脇の下に舌を這わせる。

恵はずり上がっていき、ベッドのヘッドボードに頭をぶつける。

「好きなの?」

岸川が言うと、恵が目を開く。

「洋子が、あなたのことを?」

「それはどうでもいい。恵ちゃんは俺のことが好きなの?」

「さあ、どうかな」

下からしゃくるように、何度か突き上げてやる。

「あっ、あっ、こわれちゃう！」

「好きなほうが、気持ちよくなれるんだよ。好きって言ってごらん」

撮影で会った女にそんなことを言うのは、初めてだった。いや、そうではなかった。あの洋子という女に求められ、愛していると言ったのではなかったか？

「好き、好き、大好き。岸川さんも言って、やさしく言ってよ」

恵の髪を撫でながら、岸川は耳元で囁いた。

「愛してる。好きだよ」

「もっと大きな声で」

「好きだよ」

コックを締めつける器官がぎゅーっと縮み、岸川は思わず射精してしまう。

コックを引き抜き、精液のたまったコンドームを恵の腹の上に置いてみた。

「こういう写真、洋子も撮られてたよね」

そう、いつもなら、これを撮影する。コンドームの中の精液を腹の上にたらして撮影することもあった。恵が含み笑いしている。

「じゃあ、こうしてやる」

岸川は恵の唇や顎、喉に精液をたらした。

「苦いよ……あれ、さっきほど苦くない。二度めだから薄いのかな。ねえ、これでキスしてあげようか」

「よせよ」

「してあげるってばあ」

ベッドの上に体を起こし、岸川は逃げる。裸のまま、ソファに腰かけた。ティッシュで口元を拭いながら岸川の隣に来た恵が、胸を突き出すと揺すぶる。

「すごいな」

「わたしって、自慢できるの、これだけだから」

両手で下から乳房を持ち上げてみせる。思わず顔を寄せ、乳首を口に含んだ。

「ダーメ。またしたくなっちゃうでしょ」

そう言うと上体を伸ばし、恵はカーペットの上に置かれた自分のコートに手を伸ばした。

「いいもの見せてあげようか」

「なに?」

「これ」

恵の右手には、スティック状の機器が握られている。

「これ、バイブ?」

「ボイスレコーダーよ」

なんだ、そりゃ、と思う。ああ、テレコみたいなものか。

「音声、録《と》ってたわけ?」

「そう」

「それ、俺の仕事じゃん。でも何のために?」

「洋子に聞かせるためよ。岸川さんがわたしを好きだって言うのを聞かせようと思ったの」

裸の恵を、岸川はぼんやり見つめた。もう一発やりたいと思う。

4

恵はシャワーを浴びにバスルームに消えた。一応ムービー回しておこうかなと考え、だが面倒なのでやめておいた。

一ケ月ほど前に撮影した洋子という女からは、確かに何度かケータイにメールが届いた。また会いたいですとか、いま渋谷《しぶや》のどこそこでお茶してますとか、他愛《たわい》のない内容だ。しばらくしたら、また撮影してもいいなとは思った。季節が変わりファッションや髪型が違えば面白いかもしれない。

二年の間に三、四回撮影したモデルもいる。読者の方々に女の子が変わる様子を見ていただこう、という企画だった。だが、それにしてもすぐに洋子に連絡する必要はないので、放っておいたのだ。

俺なんて女の子にとってはどうしようもない最低の男なのに、と岸川は思う。女になんか慣れていて、やってやってやりまくって、これ以上やれないというほどやって……だって、俺はハメ撮り師なんだから……なのに心がときめいてくる。なんでだろう？

プロダクションが回してくる女を使っていればいいものを、俺はなぜ路上で本物の女子高生に声をかけたりしたんだろうかと思う。

たかがハメ撮りじゃねーか。

そうさ、たかがハメ撮りさ、と岸川は思う。でも、俺にはこれしかねーんだよ、と。もちろん、素人をナンパするより事務所を通したほうが安全だ。路上でナンパなんて、絶対にやらないハメ撮り師のほうが多い。プロダクションにマージンをとられるものの、ちゃんと金はのこるのだから。

だがそんなんじゃ面白くない、と岸川は思うのだ。俺はほんとのセックスが撮りたいんだ、と。酒を飲んで同業者とそんな話になった時、言われたことがある。

「ほんとのセックスってなんだよ？　カメラの前でも、ほんとにやってんじゃねーか。どこがちがうんだよ」

「ちがうんだよ。ぜんぜんちがうんだよ……」

岸川は、そう言い返した。

偉そうなことを言っても、撮影の現場には、助手も照明もいやしない。岸川が一人で女を連れてホテルに入るだけだ。

シャワーを浴び終えた恵が部屋に戻って来た。きちんとメイクも整え直し、これではとても高校生になど見えやしない。

「聞いてもいい？　岸川さんって、彼女とかいるの？」

少し考え、岸川は答える。

「彼女ってさ、いっしょに観覧車乗ったりケーキ食べたりして、その後セックスする関係ってことだよね。だったら、恵ちゃんが彼女でしょ」

「そうじゃなくて」

まだ裸のままの岸川は、テーブルの上に置いた煙草に手を伸ばす。一本くわえると火をつけた。

「だって、同じじゃん」

きちんと洋服を着た恵に、岸川はまた欲情する。いつでもそうだった。女の子が洋服を着て、ホテルから帰っていくと、写真やビデオを見ながら岸川はマスターベーションするのだ。

「洋子ちゃんのこと、言ってるのかい。あの子は本気で、だったら彼女になるかもしれない、とか」

恵は岸川の腕にセーターに包まれた乳房を押しつける。

「ちょっとジェラシー。子供の頃から家も近所で、なんでもかんでも較べられてたから。どっちが可愛いかとか、成績がいいかとか」

岸川は、考えた。俺はビデオを撮りたかったのか、それともやりたかったのだろうか、と。

いずれにしても、カメラ持ってるとムチャクチャ興奮すんだよなと思う。ハメ撮りするってことは、岸川にとってはもはや生きることと同じだった。

恵が、コーヒーをいれてくれる。スカートから伸びる脚は、素足だ。ストッキングは、破ってしまったのだ。これではブーツをはくのがたいへんだろう、と岸川は思う。後で館内のコンビニで買ってきてやろう。

「洋子って、どんなメール出してるわけ?」

「ちゃんと読んでないから、わかんないな」

「見てもいい?」

恵がテーブルの上の岸川の携帯に手を伸ばし、岸川は慌てて彼女の手首をおさえた。洋子からのメールをろくに読んでもいないのは事実だった。そう言えば、どんなことを書いてよこしていたのだろう。文面を想像すると、胸がときめいてくる。今夜にでも返事を書こうかと思い、だがなんと書けばいいのかまったくわからなかった。メールでうまく洋子の気を惹《ひ》くことができたとして、愛が生まれ、会って観覧車に乗り、部屋に連れ込んで、やって……そうなるのだとしたら、たったいま恵とやっていることとどこが違うのだろう？

「いいじゃん、見ても」

岸川は恵の手首を背中に捩《ね》じり上げる。

「いたいよ！」

左手を伸ばし、テーブルの上のデジタルビデオのスイッチを入れる。スカートを捲り上げ、真っ白な薄い布切れにおおわれた尻を撫でた。尻から脚の裏側にてのひらを這わせる。指を中に滑り込ませる。さっきしたばかりなので、柔らかな肉の中はどろどろだ。

指の腹でこすってやる。

「あっ、あっ、またきちゃう。きちゃうってば！」

ぐったりした恵を抱きかかえ、ベッドに押し倒した。パンツを引きちぎり、スカートやセーターは着せておいたまま突っ込んだ。セーターをブラといっしょにたくし上げ、恵が両手で寄せた乳房に顔をうずめた。今度はちゃんと顔射しないとな、と岸川は思う。俺はプロなんだから。

Ecstasy

『籠《かご》の鳥』

春口裕子

ちょっと京都に行ってくる。そう言ったら、もういい加減にしなよと、夏美《なつみ》にさんざん止められた。彼女は幼少時代から付き合いのある唯一の女友達だ。

それでもやっぱり来ちゃったけど。

私は掘りゴタツに入ってテーブルに肘をつき、鴨居《かもい》につるされているクリーム色のスーツを見あげた。二カ月前に辞めた会社へは毎日スーツで通っていたけれど、ああいう地味な色を着たことはなかった。ただ、今日にはぴったりだ。

妻子ある男との旅、雪の京都、最後の夜。

浴衣の襟を直しながら、窓の向こうに広がる闇に視線を移し、最後の夜という甘く切ない響きをかみしめる。

昔から雰囲気に酔いやすいところがあった。幼稚園のお遊戯会では森の妖精になりきったし、中学でいじめにあったときでさえ悲劇のヒロインになりきった。何にだって熱中できるし、我を忘れることができる。

入り口のほうで引き戸の開く音がした。コウサカが風呂から戻ってきたのだ。タオルを手に提げ、丹前《たんぜん》を羽織《はお》った背中を丸めながら「寒い寒い」と畳へあがる。いつもながらのカラスの行水。内風呂にざぶんと身を浸しただけで、露天風呂は見もしなかったという。風呂あがりで濡れそぼった髪はさっきまでよりシュンとしていて、こういうとき、十五歳という年齢差を改めて感じる。

コウサカは四十歳。会社時代の先輩——コウサカアヤの旦那だ。コウサカと逢瀬《おうせ》を重ねながら、職場で毎日アヤと顔を合わせる。そんな状態が一年間続いた。別に罪悪感はなかった。むしろ、何も知らずにニコニコしているアヤを見ていると、なんともいえないスリルと優越感をおぼえたものだ。

——そうえば、ウチのも会社辞めたよ。

先月、コウサカがぽつりと言った。

——やりたいことができたんだと。まあ、ヨガでも陶芸でも何でもやればいい。こっちはこっちで、こうして好きなことをやらせてもらうさ。

二人で旅行もたくさんした。北海道に沖縄に、それからタイのプーケット島。ただ、京都は初めてだ。

彼から出張が入ったので一緒に行かないかと誘われたとき、日程を聞いてほんの少し戸惑ったけれど、次の瞬間には縦に首を振っていた。

──僕は仕事が終わったら駆けつけるから、先に宿に入ってのんびりするといい。

日暮れとともに、彼は本当にタクシーを飛ばして駆けつけてきた。宴席を断ってきたという。

彼が腰をおろし、コタツに足を滑りこませる。

この宿を選んだのは彼だ。彼は掘りゴタツが好きなのだ。たぶん、ある一定の人にとっての〝電車〟だとか〝屋外〟だとかと同じように。彼がふいにテーブルの上へ視線を落とし、籐の籠に入ったお茶菓子を見つめた。きっと今、私と同じことを連想したのだろう。

「しかし君が人妻になるとはね」

彼は案の定、上目遣いでニヤリと笑った。

「相手の顔が見てみたいもんだ」

私には婚約者がいる。四つ年上の二枚目で、老舗《しにせ》和菓子屋の跡取り息子。出会ったのはわずか半年前だが、とんとん拍子に結婚話が進んだ。これ以上ない話に思われたし、二十五までに結婚することが小さい頃からの夢だったから、渋る理由はどこにもなかった。

「俺の知らないところで見合いでもしてたのか」

最初コウサカは気色ばんだが、和菓子作りの体験教室で出会ったのだと知ると、ますます複雑な表情を見せた。以来会うたびごとに、いつでも戻ってこいよとささやくようになった。

その言葉はとても心地よく耳に響いたし、また、そうなってしまいそうな不安もある。けれど、私には心に決めていることがあった。

結婚したら、貞淑《ていしゅく》な妻になる。

私がそれを口にするたび、コウサカは意地悪く顔をゆがめながら、冗談めかして、けれど目に妙な光をたたえて吐き捨てる。

——よく言うよ、さんざん遊んどいて。

コウサカが茶菓子をつかみあげ、私の目の前でゆっくりと握りつぶす。包装紙の間から白い餡《あん》がぬるりとはみ出した。その、餡にまみれた手を、私の口に押しつけてくる。私が顔を背けると、コタツの中で足が伸びてきた。

「もうすぐ……食事が運ばれてくるわ」

私のつぶやきは宙に漂い、彼の足がおかまいなしにふくらはぎや太ももを撫でる。私が脚を閉じようとすると、足は強引に膝を割ってきた。

足が太ももを這いあがってきて、下着越しにまさぐりはじめる。私が身をよじると、彼は親指をショーツの隙間にくぐらせ、直接ずぶりとうずめてきた。そうしてコタツ布団をたくしあげて中をのぞきこみ、憮然《ぶぜん》として、もっと開きなさいよ、と言った。私の体の柔らかいことは、誰よりも知っている。私がそろそろと脚を開くと、彼は体を折ってコタツの中にもぐりこんだ。

脚の間に、何かねっとりしたものを塗りつけられる感触があった。さっきの、餡かもしれない。百八十度近く開かれた私の脚はほとんどコタツの一辺みたいになっていて、彼は餡にまみれたその真ん中を、熱い息とざらざらした舌でなぶりつづけた。

目の前がかすみ、体を支えられなくなって後ろに手をついた。執拗《しつよう》な愛撫を受けながら、私はクリーム色のスーツを見あげる。クロゼットがあるのに、わざわざ彼の背広と並べてつるしたのも、演出だ。もちろん、この夜を盛りあげるための。

コウサカは掘りゴタツが好き。コタツの中でもだえる女の体の一部が好き。

そして私は、コタツの一部みたいになって我を忘れる自分が好き。

ノックの音が響き、仲居が膳をかかえて部屋に入ってくる。

同時に、私の中にするすると、細く長い何かが挿しこまれた。たぶん、指だ。喉の奥に押しとどめた声が、漏《も》れだしそうになる。

配膳《はいぜん》が済み、仲居が部屋からいなくなると、コウサカは茹蛸《ゆでだこ》みたいに顔を上気させてコタツから出てきた。荒い息をしながら私を畳へ押し倒してくる。

テーブルの上では、小鍋から湯気が立ちのぼっていた。湯気の向こうに、窓に切り取られた黒い空が見える。

結婚式まで、あと二日だ。

※

挙式と披露宴を行うホテルへ三時間前に入ると、まずはヘアメイクが施された。その様子を、付き添いの夏美が腕組みしながら鏡越しに見ている。

今日の披露宴は総勢百五十人。新郎の重明《しげあき》が老舗和菓子屋の跡取り息子とあって、親族や来賓が多く、私はバランスをとるために、知人という知人を招待しなければならなかった。

――それにしてもシミ一つないきれいな肌ですねえ。

メイクさんが私の目鼻立ちやらスタイルやらを褒めるたび、夏美は間髪容《い》れずに口をはさんだ。

「この、ちょっとした〝見てくれ〟の良さが、厄介事を山ほど起こしてきたんですよ」

夏美は、言葉をオブラートに包むということを知らない。

「重明さんも勇気があるというか物好きというか」

重明は〝君と僕は似ている〟〝いい夫婦になれる〟と言ってくれている。

「あんたがどういう女か、ちゃんとわかって言ってんのかしら。もしそうなら、それはそれでスゴイとは思うけど」

もちろん、これまでの男性遍歴についてはいっさい話していない。

「重明さんも苦労するでしょうね」

夏美はため息まじりに言った。

「年貢《ねんぐ》の納め時って男のための言葉だと思ってたけど、あんたにピッタリだわ」

「ちょっと言いすぎじゃない」思わず言い返した。

「あら、じゃあ何もかもにフタをして、褒《ほ》め殺そうか」

「それは……それもいやだけど」

「まあ今後は性根を入れ替えることね」

「だから言ってるでしょう？　私は今日から――」

「はいはい、貞淑な妻になるんだったわね」

ちゃんと意味わかってんのかしらと、夏美は肩をすくめた。

「言いたいことは死ぬほどあるけど、今日のところは黙って祝福しとくわ」

「それだけ言えば十分と思うけど」

私のその反撃には、メイクさんも苦笑した。

髪型のセットも済み、あとは口紅を引けば完了というときに、私の携帯が鳴った。夏美に頼んで、バッグから出してもらう。夏美は、液晶画面を目にするなり顔を強《こわ》ばらせ、挑むような表情で携帯を突きだしてきた。

――俺だけど。

ダイスケだった。披露宴にも呼んでいる元同僚だ。今、このホテルの客室にいるという。

――会おう。

無理よ、と小声で答え、目だけで夏美を見た。すごい形相で、切りなさいというジェスチャーを繰り返している。

――十分。いや五分でもいい。これが最後だから。

最後という言葉に、また心がぐらりと揺れる。そうよね、これが独身最後……ぎりぎりセーフじゃない？

私は電話を切り、メイクさんに断りを入れて立ちあがった。夏美が、行く手をさえぎるように私の前に立ちはだかる。

「どこへ行くつもり？」

「ちょっと……ね」

「いい加減にしなよ」見たこともないような険しい顔だ。「今日から生まれ変わるんじゃなかったわけ」

「だから」私は夏美から目をそらした。「これで最後だってば」

夏美はだまりこくっている。私は目をそらしたまま言った。

「……すぐ戻るから」

そして夏美の体をすりぬけるようにして部屋を飛びだした。

一一〇三号室のドアを開けたとたん、ダイスケは私を強引に部屋に引き入れた。そのまま乱暴に壁に押しつけてくる。

ああ、この感じ……まるで映画みたい。ダイスケがむさぼるようにキスしてきたので、私はあわてて体を離した。

「お化粧が崩れちゃう。それから髪も」

ダイスケは無表情のまま私を部屋の奥へと押しこみ、いきなりショーツをはがしにかかった。彼のやり方はいつもこんなふうに性急だ。私は命じられるまま彼に背を向け、ベッドに両手をつく。スカートがたくしあげられ、むきだしになったお尻がすうすうした。前戯も言葉もなく、やにわにダイスケが入ってくる。

ダイスケがいつも以上に興奮していることが、荒い息づかいと、いきりたった部分から伝わってくる。

「お前、このために俺を今日呼んだんだろ」

「ち、が……う」

激しく腰をぶつけられるたび、セットしてもらったばかりの髪が揺れる。私は頭が大きく振れないように、肘までをベッドにつきお尻を高く差しだした。

目を上げた先——部屋の鏡にすべてが映っていた。

汗だくの男と、うつろな目をした女。白い肌。数時間後、あの体はウェディングドレスでおおわれる。

すべてがリセットされる今日という日。

ダイスケが腰を動かしながら、上半身に手を伸ばしてくる。手綱みたいに胸をにぎられ、耐えきれなくなって上半身が崩れ落ちた。私がベッドにうつ伏せるとダイスケは私の腰をしっかりと支えた。まるで、必要なものはそれだけだというふうに。

ほつれた髪の毛が一筋、口に入った。いけない、髪が……。

もう一度鏡を見あげたけれど、映っているのは高々と掲げられたお尻だけだった。

私の顔はフレームアウトしている。

あそこに映っているのは——今ここにいるのは、本当に私だろうか。

ダイスケは目的を果たすなり、さっさと浴室へ消えていった。私は一人、ベッドに顔を埋める。

カーテンの閉めきられた薄暗い部屋に、シャワーの音だけが響く。ふと、夏美から投げつけられた最後の言葉がよみがえった。

なんでもっと自分を大事にしないの。

男との終わり際は、いつもこんなだ。殺伐《さつばつ》としていて、虚しくて、痛い。

※

明け方ウトウトとまどろんでいると、隣から重明の手が伸びてきた。毎朝こうして、寝ぼけながらの愛撫がはじまる。半ば眠っているはずなのに、重明の指はまるで意志を持った生き物みたいに自在に動く。

和菓子作り教室で、講師の重明を初めて見たとき、精悍《せいかん》な顔立ちより何より、熟練した手の動きと、そのなまめかしさに胸が騒いだ。濡れた手で生地をこね、器具を使って切れ目や模様を入れていく。

あのときはたしか、ザクロの花を模した菓子を作って見せてくれたのだった。あのときと同じ……いや、それ以上にしなやかな愛撫に、私はゆるゆると潤みはじめる。

大きな手の平が乳房をこね、螺旋《らせん》模様を形づくるように胸の先端をひねる。そして、数時間前にも睦《むつ》みあったというのにすでに大きくなっているものを、私の太ももに押しつけてきた。私の体は眠りから呼び覚まされ、はっきりと反応しはじめる。

重明が私に覆いかぶさってきて、優しく首筋を吸う。私が小さくうめくと、重明は下腹に手を伸ばしてきた。濡れそぼった花びらをめくり、露を含んだ熱いふくらみを、金粉をのせるような繊細さでなぞる。

重明がゆっくり入ってきて、静かに私の体を揺らしはじめたとき、私は絞《しぼ》るような声をあげ、広い背中にしがみついた。

妻として重明を送りだすと、主婦としての一日が始まる。洗濯機をまわしているあいだに掃除機をかけ、それが終わると買い物へ出かける、というふうに。

新居での生活も二週間が過ぎた。窓辺には、新婚旅行で買ってきたボヘミアカリの花瓶と、結婚式の写真が入ったフォトスタンドが置かれている。

掃除と洗濯を終え、テレビの前に座ってビデオをセットした。重明の弟がハンディカムで撮ってくれた、挙式から二次会までのビデオである。業者が撮ったものより、こっちの、編集されていないビデオがいい。重明は、私がこれを毎日見ていることを知ると、あきれたように笑った。

冒頭部分は早送りして、出席者のお祝いメッセージのところから再生した。弟が自分にカメラを向け、「じゃあ、まずは僕から」といって、重明そっくりの顔で笑う。

――いろいろ苦労かけると思うけど、面倒みてやってください。

そしてペコリと頭を下げた。重明の友人らも、次々と祝いの言葉を述べていく。みんな酔っ払っていて呂律《ろれつ》が怪しい。「重明も年貢のおさめどきだな」という台詞《せりふ》は聞き捨てならないが、親しげな彼らの様子から、重明の交友関係を垣間《かいま》見られるのはうれしい。

馬子《まご》にも衣装だなんて言ってるのはダイスケだ。初めて重明と一緒にこのビデオを見たときは、ダイスケが何を言うかヒヤヒヤしたが、無難な内容だったのでひそかに胸を撫でおろした。

コウサカ夫人――アヤの姿もあった。うぐいす色のシックなスーツを着て、にこやかに微笑んでいる。

——コウサカったら、専業主婦は気楽でいいだろうなんて言うのよ。とんでもないと思わない？　家庭を守るのは大変なことですもの。お互い頑張りましょうね。

夏美は、ほとんど映っていない。唯一まともに映っているのはスピーチの場面だが、態度も話の内容もひどくそっけないものだった。あの日、あの時から、まったく口をきいてくれないのだ。

そんなに怒ることないじゃない。

私は気を取り直し、ふたたびビデオに向かった。

私の両親の姿はない。母は私を未婚で産んだのだ。2Kのアパートの、薄いふすまで仕切られただけの寝室に、母はとっかえひっかえ男を連れこんでいた。自分に父親がいないことも、母親が結婚していないことも、長年私の胸につかえたままだったが、一度だけ勇気を出して吐きだしたことがある。母はうっすら笑って答えた。若い男が帰った直後だったせいか、化粧はほとんど剝《は》げ、歯に口紅の朱色がついていた。

——あんたね、人生の墓場って言葉、知らないの。

蔑《さげす》みと羨望を含んだその響きに、私の結婚への憧れはますます強くなった。

その母も、三年前に肺炎で死んだ。陽の当たらないあのアパートで、ひっそりと息を引き取った。これ以上ないほど寂しく、みじめな死。

私は母とは違う。人並みの人生を歩くのだ。今こうしてビデオを見ながら、その思いを確認しているような気がする。

ビデオを見終え、買い物に出かける支度をしていると、携帯にメールが入った。ダイスケからだ。「元気でやってるか」「慣れない家事に嫌気がさしてるんじゃないか」「旦那一人じゃ物足りなくなってきたんじゃないか」。そんな内容のものが、三日に一度は届く。そして最後には必ず、また会おう、とある。

私の中に常にある漠とした不安を、見透かされている気がした。

今、私は幸せだ。貞淑な妻役も板についてきた。重明の存在は日々、自分の中で大きくなってきている。

ただ、これまで夢中になってきたものにはすべて期限があった。そう遠くはない未来に終わりを迎える——それが前提だったからこそ、のめりこみ、全力を尽くせたのだ。はたしてこの生活は……自分は、この後どうなっていくのだろうか。

今度は着信音が鳴った。結婚後初めての、コウサカからの電話だった。

「今、例の喫茶店にいる」

といって、昔よく待ち合わせで使っていた喫茶店の名を挙げた。

ふいに、その近くに林立する安ホテルでの光景が思いだされ、我を忘れて歓喜した心と体の記憶がよみがえった。

──これから会わないか。

コウサカの誘いに、かすかに心が揺れた。

コートを羽織り、玄関でショートブーツを履く。

コウサカへは、さっき断りのメールを入れた。今日はなんとか思いとどまったけれど……今後同じように誘われつづけたらと思うと自信がない。半年先──いや一カ月先の自分を信用することができない。

買い物用のトートを小脇に抱えて立ちあがろうとしたとき、新聞受けでコトリと音がした。ドア脇の曇りガラスに人影が映りこんでいる。

「どちらさまですか」

声をかけたが返事はなく、遠去かっていく足音だけが聞こえた。新聞受けをのぞいてみると、Ａ４の茶封筒が投函されていた。宛名はなく、封もされていない。中に入っていたのは、便箋《びんせん》と写真だった。

長いこと、このときを待ち望んでおりました。先日申しあげたとおり、家庭を守るというのは大変なこと。何が起こるかわかりませんから、戸籍と体面を汚さぬよう、せいぜい精進なさいませ。なお、これから毎日、不定期にこの便りをお届けします。朝かもしれないし、夜かもしれない。あるいは日に二回かもしれません。なにせ会社を辞めたので、時間はたっぷりあるのです。この封書はご自身で受け取られるのがよいかと思います。届け出るも訴えるも結構ですが、困るのはあなたでしょうから。

追伸　言うまでもありませんが、主人には今後一切連絡をとられませぬよう。

写真には、京都の旅館から腕を組んで出てくる私とコウサカが写っている。私は呆然と三和土《たたき》に立ち尽くした。手から、写真がバラバラと滑り落ちる。

あのアヤが？　ビデオの朗らかな笑顔とメッセージがよみがえり、吐き気がした。上がり框《がまち》にすとんと腰をおろし、大きく息を吸った。動揺が静まるにつれ、この事態の異様さがじわじわとしみてくる。これから毎日、いつ来るかもしれない手紙を受け取れというのか。つまり、家に閉じこもっていろと？

冗談じゃない。

三和土に散らばった写真を拾いあつめ、便箋と一緒にバッグに押しこんで、家を飛びだした。その勢いのまま歩き出したが、五十メートルほど突き進んだところで、ふと、立ち止まった。背後で、コトリという音が鳴ったような気がしたのだ。

おそるおそる振り返る。アヤの姿はなかったけれど、不吉な想像がもくもくとふくらむ。もし自分の留守中に二通目の手紙が届けられたら……近くに住む姑《しゅうとめ》がふらりとやってきたら……私より先に重明が帰宅したら。

踵《きびす》を返し、家へ駆け戻った。ドアにしっかり鍵をかけてから携帯を握りしめ、コウサカの番号をプッシュする。が、電源が切られているのか、一向につながらない。

こんなとき電話をかける友達といったら、一人しかいなかった。

「こっちは仕事中なんだけど」

携帯の向こうから、不機嫌そうな夏美の声が聞こえてきた。私が事情を説明するあいだも、相槌の一つ、ない。

すべてを聞き終えると、夏美はあっさり言い放った。

「自分が撒《ま》いた種じゃない。仕方ないと思うけど」

「ひどい。そんな言い方」

「あのね。あたしこれまで、けっこう大目に見てきたつもりだよ。あんたとこの家庭事情、フクザツだったしさ。そこんとこ引き算して付き合わなきゃって。でも、もう限界なんだよね」

明るい物の言い方が、かえって私を突き放す。

「じゃあ……私はどうしたら」

するとと夏美はまるで、どのツアーコースにするか決めろというふうに、あっけらかんと言った。

「重明さんにありのままを話して、許してもらえるまでひたすら謝るか。おとなしく籠《かご》の鳥になるか。コウサカ夫人にやめてくれと泣きつくか。どれがいいか自分でよく考えたら」

夜は何事もなかったかのように重明に脚を開く。これって、コウサカやダイスケにしてきたことと一緒——延長みたいなものじゃない？　じゃあ、今までと同じように、やっぱりあっけなく終わりがくるんだろうか。あの手紙はそれを宣告するためのものなのだろうか。

しっとりと湿った私の茂みに、ぬるりとした重明の先端が押しつけられる。重明はそれをゆっくり挿入してきて私の体にしっかり食いこませ、奥深いところで留まった。その状態のまま、時間をかけて私の耳朶《じだ》を噛み、首や肩を愛撫する。

最初は、重明のこういう穏かなやり方に戸惑った。そんなふうに優しくされるのも、終わったあと眠りにつくまで肌を撫でてもらうのも、初めてだったから。

重明が私の目を覗きこみ、私もまた重明を見た。少し茶色がかったその瞳が、優しげに細まる。この人との終わり——その瞬間を想像しただけで、裂けそうに胸が痛んだ。

重明が胸に唇を這わせ、硬くなった先端を舌で転がしながら、大きくゆっくり腰を引いた。狂おしいほどの快感が背をかけのぼり、瞼の裏が熱くなる。

重明が、驚いたように動きを止めた。少しの間のあと、温かい唇で私の瞼を撫で、頬に伝っているものをすくいとった。そして私をあやすように、ふたたび静かに動きだした。

揺さぶられながらそっと瞼を開けると、壁のタペストリーや、ハンガースタンドにかかっているコートが目に入った。それらの物は演出でも何でもなく、ただこの部屋に在る。

実感があった。今重明に抱かれているのは、ここにいるのは、紛《まご》うことなく自分なのだという実感が。

重明が寝息を立てはじめてから、私はベッドを抜けだした。薄暗い台所に立ち、引き出しをそっと開ける。あの便箋と写真を手にとり、黙って見下ろした。

夏美。あたし、籠の鳥コースを選ぶわ。この結婚生活を、なりふりかまわず守ってやる。

便箋と写真をびりびりと破く。かき集めても、原型さえわからないように。そうして、ごみ箱を開け、ただの塵になった紙片を力強く投げ捨てた。

Ecstasy

『隣の駅の女』

内藤みか

1

午後七時過ぎの新宿《しんじゆく》駅は、雑然としていた。帰宅途上のサラリーマン達やこれから出勤の風俗嬢らしき派手な女達で溢れている。

人の群れをかきわけ、篠山雄太《しのやまゆうた》は私鉄のホームに向かった。発車のベルが鳴っていて、みな駆け込んでいたが、雄太は急がなかった。一台やり過ごし、次の電車で座って帰る。それがいつものリズムだったからだ。

最近の車中での楽しみは、メールだ。妻も携帯電話を持っているが、お互いに必要最小限のことしかやりとりをしない。けれども出会い系で知り合った由莉香《ゆりか》には、なぜか何でも言えた。偶然にも隣の駅に住んでいるということがわかって、話題はいろいろとある。この一ヶ月、帰宅途中の車両の中で彼女とメールを交わすことが、すっかり習慣になってしまっていた。今夜もいつものように、

『これから帰るよ』

と打った。まるで由莉香の元に帰るかのようで、その一瞬だけ妙に照れる。彼女は

二十七歳で、結婚二年目だと言っていた。

『今夜もお疲れさま！』

筆まめな彼女は、すぐに返信をしてくれる。いつもだったらそのまま、お互いの近況を交わすのだが、彼女がいきなり、

『良かったら、ごはん、食べにきませんか』

と誘ってきた。読んだ瞬間、胸がどきり、とした。何と返事をしたらいいものかと迷っているうちに、またメールが到着した。

『あのね、今夜は夫が出張で泊まりだってことを忘れて、二人分の夕飯を作ってしまったの。だから誰かに食べてもらいたかったの』

自宅マンションに入れてもいいと考えているくらいに彼女が自分に情を抱いてくれていることが、雄太は嬉しかった。

だから、雄太は由莉香に会いに行くことに決めた。自分が降りるはずの街を通過し、次の駅で降りた。そして、メールで道順を教えてもらったままに、駅から十分ほど歩いた白い賃貸マンションの三階の角部屋のチャイムを押した。現われた由莉香は想像以上に若く美しく、きらきらした瞳が初々しく、ぽっちゃりめの肌が弾んでい

た。

「おかえりなさい」

初対面のはずなのに、由莉香はにっこりと落ち着いて微笑《ほほえ》み、鞄《かばん》を受け取った。そして背広を脱がし、玄関のハンガーに吊《つる》す。雄太が脱いだ靴を丁寧《ていねい》に揃えもした。上から彼女を見下ろすと、丸々とした乳房の膨《ふく》らみが覗《のぞ》けた。セミロングの髪が、さらさらと肩で揺れ、シャンプーのようなやわらかないい匂いがした。

「ごはん？　それともおふろ？」

まさかいきなりフロ、と答えるわけにもいかないからメシをもらうよ、と答えると、彼女は嬉しそうにダイニングへと雄太の手を引っ張って案内してくれた。メニューはチキンステーキにトマトサラダに白和《しらあ》え、それに温かい味噌汁で、家庭的な味だった。

由莉香が目の前で「どう？　おいしい？」などと尋ねてくるので、気恥ずかしい食事だった。彼女はまめまめしく、ビールはすぐに注ぎ足してくれるし、御飯のおかわりもすぐに盛ってくれた。しまいには「はい、アーン」と口に入れることまでしてくれたのだった。

「どうして僕にこんなにしてくれるんだ？」

「だって、夫に優しくしても全然反応なくてつまらないし……たまには誰か他の人に尽《つ》くしてみたかったから」

由莉香はエプロンを外しながら、微笑んだ。

「たまには他の人と夫婦になってみたいと思ったことってない？」

脱ぎ捨てたのは、エプロンだけではなかった。するすると、着ていたピンクのベルベット風の柔らかそうなワンピースも床に落ちた。

そして、彼女はダイニングテーブルの下に潜り込んだ。ピンク色の可愛らしいブラジャーとパンティーのセットを身につけた艶《なま》めかしい姿のまま、由莉香はスラックスのファスナーを下げてきた。

「おいおい……」

冗談にしては、度が過ぎている。面食らってテーブルの下の彼女を覗き込むと、トランクスの中をまさぐってきている。

彼女が誘いだしてきた肉の棒は、期待ですでに半分ほど勃起していた。大切な宝物を扱うかのように彼女はそれを両手でくるむと、ピンク色の舌をぺろりと出した。

由莉香の唇の動きは、それこそペニス全体を舐《な》めずり回るかのような、丁寧なものだった。猫が子猫を舐め上げる時と似ていて、ゆっくりゆっくり丹念に、男の欲茎を、綺麗《きれい》にしてくれている。舌を尖《とが》らせ、下から上に、下から上に、と、何度も道筋を辿ってくる。触れているかいないかのような優しいタッチなのに、震えるような快感が起きるのは、それは、こんな可愛い若妻に、積極的にアタックされているせいなのかもしれなかった。

「おいし……」

彼女はうっとりとそう呟くと、今度は、口を大きく開け、ぱっくんと男幹を含んできた。じゅぶぶ、と唾液の音色を弾ませながら、首を振り振り、しゃぶりついてくる。

「ああ……おいし……」

目を閉じ、口の中の肉で、ペニスをきゅうきゅうと包み込んでくる。そして肉棒を取り囲んだまま、じゅぶじゅぶ、と首を上げ下げしてくるのだから、たまらなかった。

「んッ、んッ、ん……!」

彼女の息づかいがどんどん荒くなり、ピンクのルージュを塗っているあどけない唇からとろり、と唾液が流れ落ちていく。一瞬、口肉の締めつけが強まり、その刺激でザーメンがどどッ、と放出された。由莉香は実に美味しそうに、そのとろみ汁を啜り続けた。濡れた瞳がテーブルの下で照り輝いた。

2

時計を見たら、もう十時を過ぎていた。

普段、雄太は帰宅が遅くなるようなタイプではない。たまに会社の歓送迎会や取引先との打ち上げなどで居酒屋に行く以外は、帰りがけに寄るような行きつけの店もない。

そろそろ行かなくちゃ、と立ち上がると、由莉香がえッ、と驚きの声をあげた。

「まだ……いいでしょ？」

たった今、彼女の口の中に発射したばかりだというのに、由莉香はそれだけでは物足りないらしく、太ももに頰を擦《す》り寄せてくる。

「じゃあ……ちょっと女房に電話をかけるよ」

雄太は携帯電話のフリップを開けた。由莉香が艶めかしく、露出された男の下半身を撫《な》でていることに気づかないふりをしながら、

「急に部長から誘われて、取引先と飲んでるから。いつ帰れるかわからないし、先に寝ていていいよ。メシもいらないから」

と早口で用件だけ言うと、通話を切った。由莉香がワイシャツをめくり上げ、乳首をまさぐってくる。くすぐったくて首を竦《すく》めそうになった。

「いつも、メールフレンドと、こんなことを、しているの?」

「ううん……今日が、初めて」

と答えながら、由莉香はシャツのボタンを全部外し、ちゅう、と男の小さな乳頭に吸い付いてきた。ちろちろと優しく唇を動かしたり吸ったりしてくる。暫《しばら》く弄《もてあそ》んだ後、指でくりゅくりゅと軽く勃起させた。それをいじりながら、

「メールしていたら、ご近所だったし、とってもいい人のような気がしたから……」

下着姿の由莉香が、膝の上に乗ってきた。そしてキスを仕掛けてくる。柔らかな若い女の舌が絡みついてきて、夢中でそれを吸った。

「んん……ッ」

由莉香は背中に両手を回してしがみついてくる。彼女の乳房がむにゅうと押しつけられ、肉まんのような丸みが少し潰れかけている。思わず白丘に手を伸ばして揉みしだくと、

「ああ……ン……」

と、色っぽい声が漏《も》れてきた。手のひらの上でゼリーのように揺らいでいる柔肉の感触を楽しんだ後、ゆっくりとヒップにも手を回す。程良く肉のついた丸尻を力を込めて摑《つか》むと、あん、と甘い息と共に、由莉香が恥丘をこちらに擦りつけてきた。たまらずパンティーの中心部に指を押し当てると、すでにしっとりと露が沁《し》みている。

「ああ、もう、ダメ」

由莉香が自らパンティーを下げた。右足首に、くしゅっと丸まった薄ピンクの布地が残った。

「ね……もう、入れてぇ」

ぎゅ、と肉の棒を握り、由莉香がその上に蜜襞を重ねようとしている。妻との二回戦など随分とご無沙汰だったが、目の前にぽっちゃりとした肌触りの良い若い女がい

ると、愚息の復活も早い。由莉香の女肉が、ぬりゅる、と艶めかしい音と共に、ペニスを包んでくる。

「ああ……気持ち、いい」

夫のいない間に、出会い系で知り合った男を家に連れ込んでいる。そのシチュエーションが、由莉香を興奮させているのかもしれない。率先して腰を躍らせ、身をくねらせている。彼女の腰を支えながら、肉棒に走る快感に、気が遠くなりそうになった。若妻の秘襞が、小気味よくぴちぴちと蠢《うごめ》いている。妻のものよりもずっと締まりも、動きも激しかった。

目の前に豊かな乳房があった。

乳首がみるみる桃色に染まっていく。由莉香は相当に気持ちよくなってきてしまっているのだろう、目を閉じ、ただひたすらに快楽を追求するかのように、初対面の男の上で、ヒップを弾ませている。弾む乳房をぎゅうぎゅうと揉んでやると、

「ああ、あ……ッ」

由莉香は高い声を上げて、首を反らした。後ろに倒れそうになった彼女を慌てて抱き留め、今度は、こちらの方から突き上げてやる。下から上に、ずん、ずん、と男杭

を打ち込んでみる。ペニスを動かすたびに、敏感な花壺は、ひくひくと身悶《もだ》えを繰り返す。相当感じているのだろう、ぐっちゅぐっちゅ、と蜜鳴りも激しい。

「ああ……すごい、すごい」

由莉香はしがみついてくると、自らも腰を揺らし始めた。下から上に突いてやると、彼女は前に後ろにと女肉を躍らせてくる。

「ねえ、すごい、すごい……ッ」

クリトリスを男の下腹部になすりつけているうちに、由莉香の裸身がぶるぶる痙攣《けいれん》し始めている。アクメが近いのだろうと察して、乳房を強く吸ってやると、

「ああァンッ！」

と、か細い叫びと共に、くたッ、と身をまかせてきた。一層ぽちゃぽちゃしてきた彼女の乳房の感触を楽しみつつ、蜜芯の奥へと、白い粘液を、放っていった。

「ねえ、また来てくれる……？」

なんだかんだといちゃついていたら、終電を逃してしまっていた。隣の駅だったので、タクシー代も大したことがなさそうなのは、ありがたかった。明日はダンナが出張から帰ってくるというのに、由莉香は随分と寂しそうにしている。

「お家に着いたらメールしてね」

そうねだりながら、抱きつき、キスをせがんできた。明日にでもまた会ってセックスをしたい。そんな誘惑にまとわりつかれながら、彼女のマンションを後にした。

タクシーの車中で、由莉香の肌を思い返しながら、自分の身に起きた幸運に、酔った。由莉香はお小遣いをねだったりもしなかった。それどころかこちらに惚《ほ》れてしまっているかのような素振りさえしていたではないか。

3

『あのね、今夜は、おでんなのよ』

『へえ……温かそうで、いいね』

こんなメールを交わしていると、由莉香が自分の妻であるかのような錯覚を起こす。だから時々違和感がある。彼女が作った夕飯を、どうして自分は食べられないのだろう、と。彼女は、セックスレスだと言っていた。

「うちは最近全然エッチなんてしてないの」

などと言っていたが、あれほどの肉感美なのだ、夫が放っておくわけはない気がして、時々嫉妬《しっと》に駆られる。そして由莉香も同様に、

『最近奥さんとエッチしてる？』

などと探りを入れてくる。

『してないよ。うちはもうずっとご無沙汰なんだから』

そう答えてはいたが、実際は、その逆だった。由莉香の若い女体のおかげで、ペニスもすっかり活気を取り戻し、女房に挑んでいく頻度は、むしろ増していた。正直、抱いている時は、由莉香との行為の余韻にばかり浸っている。妻はそんなこととはつゆ知らず、

「あなた、最近どうしたの、すごいわ」

と、喜んで、しがみついてきた。だが喜んでくれたからといって日常の待遇が良くなったというわけではない。相変わらず家にいるのに無視されているような毎日だ。

それに比べて、由莉香のサービスは徹底していた。こちらが何もしなくても食事もフロもそしてセックスもきちんと世話してくれる。こんな女性を女房にできた男は、きっと幸せだろうと、会ったことのない亭主を羨《うらや》んだことも、ある。

そして今夜、二週間ぶりに亭主が出張に行くというので、勇んで由莉香のマンションのチャイムを押してみた。

「お久しぶり…ッ」

ドアを開けるなり、由莉香は抱きついてきた。そして玄関先で熱いキスと抱擁を交わす。二十代の女の激しい情欲にせかされるがままに、彼女を玄関マットの上に、押し倒してしまっていた。

「ごはんも、オフロも、今夜はダメ……」

由莉香が甘えた瞳で見上げてた。

「最初にエッチしてくれなくちゃ」

グレーのルームワンピースをめくりあげると、オレンジ色のレースのパンティーが露わになる。優しくその表面を撫でると、

「ああッ、あ……」

せつない声を上げて、彼女が背中に両手を回し、再びキスをせがんでくる。舌と舌を絡め合わせながら、次第に力を入れて女襞を薄布越しに愛してやると、じわりじわりとパンティーが湿り始めた。

「濡れちゃうから、脱ごうか」

そう囁《ささや》きながらするすると小さなランジェリーを脱がしていく。由莉香は抵抗するどころか、腰や脚を浮かせて、協力してくれた。

「すっごく、会いたかった」

心を込めてそう囁きかけると、彼女はスラックスのベルトを外し、ジッパーを下げる。

「あなたも、脱いで……」

灰色の生地が玄関のフローリングの上に落ちた。紺色のトランクスも、彼女が一気に下げてしまう。

お互いに下半身を露出させたまま、二人はきつく抱き合った。

「毎日でもこうしていたい」

うっとりした声を出しながら、由莉香が手を伸ばし、ペニスをぎゅう、と握ってくる。立派に頭をもたげているそれを、ぐい、ぐい、とさらにシゴき立ててくる。

「俺だって、毎日でもしたいけど」

血を集めてびぃんと張った肉の棒は、快感に軽く痺れ始めている。

「でも、ご主人がいるから、それは無理なんじゃないか」

「……」

由莉香は肩を震わせ、申し訳なさそうな表情になった。

「ごめんなさい……」

でもね、と言葉を区切り、脚を高く上げた。そして、握ったままの男幹を、自分の蜜芯へと誘っていく。

「私が、今、一番好きなのは、あなたなのよ」

わかってね、と掠《かす》れた声で囁きながら、由莉香はゆっくりと腰を前後に蠢かせていく。次第に、肉棒が彼女の奥へと潜り込んでいき、艶めかしい柔らかさに取り囲まれている。

「ああ……ッ、気持ちいい」

由莉香は両手両脚を背中に回し、ぴっとりとくっついてくる。本当に心地良さそうに、何度も吐息を漏らしてくる。玄関先で人妻と繋がっている興奮に、肉の棒もいきり立ち、腰を大きく後ろに振ると、ずぅん、と子宮口にまでそれを轟《とどろ》かせた。

「ああッう……ッ！」

苦しそうな、それでいて悦んでいるかのような、高めの声を、彼女が漏らした。何度も何度も、ゆっくり振りかぶっては、深く突く。そのたびに、

「ああ、ああン！」

と、震動と共に、彼女は喘いだ。

「もう、離れたくない」

と、脚を強く絡めてくる。

ずぅん、ずぅん、と突き続けると、彼女の全身が桃色に染まり、腰骨が震え出した。エクスタシーの前兆である。

彼女の襞肉がぷるるッと痙攣したその瞬間、精液も、一気に放たれていく。同時に達した由莉香を強く抱きしめると、彼女も必死に両手ですがりつき、好きなの、と囁いてきた。

4

雄太は自宅前でタクシーを降りた。隣の駅に住む若妻の由莉香の部屋から帰る時

は、いつも国道沿いからタクシーに乗る。

そして雄太はぎょっとした。妻が玄関先に立っていたからだ。

「あなた……最近、しょっちゅう帰りが遅いけど、何してるの？」

「仕事の打ち合わせとかだよ」

「タクシーに乗ってきたけど、どこから帰ってきたの？」

「隣の駅だよ。ちょっと乗り過ごしちゃって」

心臓が早鐘を打っていた。

結婚以来、浮気などしたことなど、一度もなかった。だから、どう取り繕《つくろ》っていいかもわからない。平静を装ってはいたが、妻も、何事かを察したようだった。

「もしかして、浮気してる？」

などと突っ込んでいる。

「何言ってんだよ、もう寝るから」

雄太はそう言い残して、先に玄関のドアを、開けた。

そんなことがあったものだから、翌週、由莉香から会いたいとメールが来た時も、雄太は一瞬躊躇《ちゅうちょ》した。彼女のご主人が毎週水曜日夜勤が入るようになったのだとかで、水曜日は判を押したように、彼女の家に行くようになっていた。さすがにこう毎週だと、妻の目も怖い。今日は断らなくては……と『ごめん、疲れてるから』と返信した。

しかし『会えないんだ……さみしいな』というメールが届いた途端、気持ちは彼女の方に走り出してしまい『やっぱり行くよ』と答えてしまっていた。

「おかえりなさい」

マンションのドアを開け、輝いた顔で飛びついてくる由莉香を抱きしめただけで、全身に活力が漲《みなぎ》ってくる。自分を慕って待っていてくれる女がいるというだけで、男は嬉しいものなのだ。

「オフロ？　それともごはん？」

彼女が身をすりよせてくる。こう囁かれるたびに、一瞬だけ、由莉香が自分の本当の妻であるかのような幻想にとらわれる。そして本当にそうだったらどんなにいいだろう、とも。

今夜は由莉香と風呂に入った。

彼女はまめまめしく、背中を流してくれた。

「疲れてるんでしょ、ゆっくりしていってね」

などと優しい言葉をかけてくれながら、乳房を優しく押し当ててくる。柔らかなその感触が背骨をなぞっていく。

由莉香は、まだ二十七歳だというのに、実によく気がつく女だった。丁寧に襟足も、腋の下も、泡立ててくれている。彼女の手が胸の方に回り、次第に下腹部へと伸びてきて、そうっと肉根をくるんできた。

「嬉しい……。勃《た》ってくれている」

下から上へ、愛《いと》おしむように由莉香は男の膨らみを何度も何度も撫でてくる。

「今度は俺が、洗ってやるよ」

雄太はそう言うと、彼女の後ろに回り込み、石鹸を泡立たせると、豊かな乳房に手を回した。

「ああ……ッ」

せつない声を上げ、由莉香が僅《わず》かに背を反らした。ぐいぐいと揉み続けてやると、

「だめ……ッ」

と身をよじらせている。

わかったよ、と口では答えながらも、雄太は上気した色をしている乳首をくりくりと弄んだ。

「あうぅ……、だめッ」

由莉香が振り向き、恨めしげな目を向けた。

「じゃあ、他のところを洗おう」

そう言って、後ろからつぷり、と蜜芯に指を捻り入れる。

「ああ……ン、えっち……」

由莉香はバスタブにすがりつき、必死で快感に耐えていたが、ぬっちゅぬちゅ、という蜜鳴りが強くなってゆくにつれ、次第に耐えきれなくなってきたかのようにヒップを上げぎみにしている。

「あぁッ……、ああ、いや、いや」

女尻を揺すりながら、由莉香は啜《すす》り泣いているかのような声をあげた。構わず指を突き立て続けていると、

「あああ、もうダメ……欲しい」

と腰を震わせている。

踊っているかのようなヒップの弾みをぺちんと叩くと、

「ああ……ッ」

とまた、由莉香は高い声を上げた。雄太の指はとろとろとした蜜にたっぷり取り囲まれている。その指を抜き去り、もっと太くて固いものを、彼女の望み通り挿入してやった。

「ああぅ、あああ、すごいッ！」

待っていたのだろう、バスタブの縁を摑んでいる由莉香の白い指に、力が入った。

「ああン、ああ、ずっとこのまま一緒にいたいの、ねえ、ずっとつながっていたい」

ぐにゅ、にちゅ、といやらしい音がバスルームに響いた。由莉香が何度も訴えてくる。

「もっともっと一緒にいたい」

きゅう、と蜜壺を締めてくる。

「俺だって、一緒にいたいんだよ」

言葉にすることはできなかったが、そういう思いを込めて、雄太はずぅん、と強く、奥まで自分自身を潜り込ませていった。

「あぅ、好き、好きぃ……ッ」

ヒップが弾み、白い丘が雄太の目の前で躍っている。由莉香の濡れた髪が、いやらしく彼女のうなじに貼り付いている。

「あああ、ああ、もう、出ちゃう」

由莉香はヒップを上げ、せつなそうに右に左にと振ってみせた。雄太もそれに合わせ、ずぅん、ずぅん、と子宮底に轟くほどの刺激を与えてみせた。

「ああすごい、イきそうッ！」

ぷるる、と由莉香は震え、

「最高、最高なの」

と何度も呟いた。これほどに感じてくれる彼女を、雄太とて、手放したくはなかった。

5

毎日あった由莉香からのメールが、急に三日ほど途絶えた。最初は夫とよろしくやってるのかと放っておいたのだが、さすがに気になり『どうかしたのか?』とメールを送ってみた。

ひょっとしたら彼女は何度も雄太と関係を重ねるうちに、退屈になってしまったのかもしれない。土産ひとつ持ってこないしみったれたサラリーマンとの不倫は嫌になってしまったのだろうか。

いつもならすぐに返ってくるはずの彼女のメールは、数時間経っても来なかった。このまま終わってしまうのかと、雄太は焦った。

今まで、あんまり優しくされすぎて、その優しさに甘えてしまっていたのかもしれない。もっと一緒にいたいとせがまれても妻にバレるのも怖くて生返事しかしてこなかった。彼女の望みを叶《かな》えてあげられない分、花やバッグでも買ってあげたほうがよかったのだろうか……。

深夜、やっとメールの着信があった。案の定『もう会わないほうがいいと思って』という内容だった。私の夫やあなたの奥さんに知られるのも怖いし、とある。

『大丈夫だよ、うまくやっていけるさ』

雄太はすかさず、

『今度何かプレゼントしてあげるよ。お花と指輪とバッグ、どれがいいかな』

と送ってみた。やはり女性に貢《みつ》ぎ物は効果的なのか、すぐに応答があった。

『最近夫は何も買ってくれないから、すごくうれしい。でも、いいの？』

『いいさ。今度部屋に行く時、持っていくよ』

リクエストされたブランドバッグの型番を雄太はメモし、翌日デパートに向かった。予想していたより少し高価な品で、三万六千円もしたが、二ヶ月ほど付き合っていて何も買ってあげず、メシを御馳走になっていたのだから、このくらいは許せる範囲だった。

バッグをデパートの紙袋ごと渡すと、由莉香の顔はぱぁッと輝いた。新しいバッグのことをご主人にどう説明するんだと聞くと、

「あの人、私の持ち物なんて全然関心ないから大丈夫よ」

と微笑んだ。そして由莉香は頬を少し染めながら、最近連絡をあんまりしていなくてごめんなさい、と詫びてきた。

「このままで本当にいいのかな、って、悩んじゃってたの」

「いいんだよ、このままで」

抱きついてきた彼女の背中を撫でながら、雄太は曖昧《あいまい》なことしか言えなかった。ひょっとしたら由莉香は自分を愛し始めているのかもしれないが、まだ、お互いに結論を出す時ではない。まだ、このままでいいはずなのだ。

その夜の由莉香は激しかった。バッグをもらったお礼なのか、それとも、これからもこの関係を続けていく覚悟だからなのか、一緒に風呂に入った途端、雄太のペニスを念入りに泡立て、シャワーで流した後は、すぐさましゃぶりついてきた。

いつものように優しい吸引だけではなかった。少し裏スジを舐めたり亀頭を含んだりしているうちに、欲情してきたのだろうか、どんどん舌が下がり、皺袋をねぶり始めた。手のひらでもくにくにと揉んでくる。くすぐったいような気持ちいいような触感に、雄太は低く呻いた。

「んん……ッ」

由莉香は、肉玉を唇に吸い込んでいく。ころんころんと塊を転がし、飴のようにしゃぶっている。そしてしばしば唇を離しては、皺袋の裏や、アナル近くにまで舌を伸ばしてくる。

「おいしい……」

そう呟きながら、れろれろと肉棒の根元を舐め回してきて、雄太は腰がウズウズとしてきた。早く、くわえこんでもらいたくなったのに、彼女はのんびりと、今度は指で、湯気で湿っているペニスを撫で上げてくる。

雄太はたまらずに、彼女の頭を摑み、自分の股間へと誘った。

「あン……」

由莉香は少し驚いたようだったが、素早く雄太のニーズを汲《く》み取ったらしく、舌をちろッと出すと、尿道口をツンツンと刺激してきた。そして、間髪入れずにぱっくりと大きく唇を開き、奥までずぷッ、としゃぶっていく。

「んはあ……ッ」

すでに相当勃起している肉の棒なので、お口で受け止めるのも大変そうであった。

由莉香は少しだけ顔をしかめながら、それでも懸命に奥まで呑み込んでいく。

「おっきい……」

少しせつなげな声で彼女が呟いた。ひょっとすると彼女の夫よりもサイズがあるのかもしれない。雄太の股間はさらに発奮し、近頃にないくらいに幹を固めていく。

「んん、ん」

由莉香はくちゅ、くちゅ、と唾液の音を奏でながら、フェラチオを続けている。硬軟取り混ぜた吸い付きように、このままでは出ちゃうよ、と声をかけると、彼女は首を縦に振った。

湯船の縁に腰掛けたまま、若く美しい人妻に舐めまくられているのは、かなり快感だった。今夜の由莉香はひどく燃えていて、手のひらでは皺袋をさわさわとさすってきている。

彼女の唇が何度目かの締め付けを仕掛けてきた。ぎゅう、と口内の肉に包まれ、えもいえぬ心地良さが雄太の全身に回っていく。

「出るよ……」

そう声をかけたが由莉香は唇を離そうとしない。ついに彼女の口内に白い粘液を飛び散らせてしまったのだが、いやな顔ひとつせず、由莉香はこくり、と喉を美味《おい》しそうに鳴らしたのだった。

6

相談があるの、と由莉香に切り出されたのは、ある日の帰り際だった。いつものように会社帰りに由莉香からのメールで呼び出され、彼女の家で食事をし、フロに入り、セックスをした後だった。

「あのね、私……、実は離婚することになっちゃったの」

「えッ……！」

突然のことに、雄太は声も出なかった。だが彼女はもう心を決めているらしく、表情は冷静である。

「あなたのせいじゃないの。もうずっと前から、私達夫婦は、ダメだったんだもの」

だからこのマンションも家賃が払えないし、ワンルームマンションに引っ越して、パートでもしようかな、などと呟いている。瞳には、じんわりと涙が滲《にじ》んでいた。

思わず雄太はこう言っていた。

「家賃全額出せるかはわからないけど、できるだけの援助をするよ」

「ほんと？」

潤んだ瞳で由莉香が顔を上げた。

「でもね、慰謝料ももらえなかったから、引っ越しの資金もないの。ワンルームだけでも最初に数十万円もかかるのね……」

慰謝料がもらえないということは、由莉香にも非があって別れるということを意味する。そしてそれは、もしかすると自分との不倫がばれたから、かもしれない。

「いいよ。引っ越し費用も俺が出すよ」

「でも、無理でしょ、そんな」

「大丈夫だよ」

頭の中に、社内預金が浮かんだ。あれなら自分のサインひとつで引き出すことができるはずだった。

「うれしいッ」

由莉香がガウンを脱ぎ捨て、裸体になって、また雄太にしがみついてきた。

「また、したくなっちゃった……」

熱くぬかるんでいる女芯を、雄太の太ももに塗りつけてくる。反射的に中指を、蜜泉に差し込むと、ぬちゅ、とたっぷりと濡れている音色がした。

「ああ……ン、ねえ、もう、ぐっちゅぐちゅなの……」

全裸の由莉香が、ぷにぷにの肌で抱きついてくる。

「ねえ……、これからも会ってくれる？」

「もちろんだよ」

雄太は指を、素早く前後に出し入れさせた。由莉香はこうしてやると、特に悦ぶのだ。

「ああ……すごい、すごい、イイ」

指の腹でこりこりと襞を刺激してやると、ぶるぶると腰を震わせ、由莉香は頰をピンクに染めていく。

「ああ、イク、いくの、もう、イクッ」

びくん、びくん、と女体を艶めかしく波打たせながら昇天し、由莉香は荒い息をついた。

「ああン……欲しい、欲しいの」

きゅう、と肉棒を握られる。

由莉香の身体を起こし、雄太はヒップを後ろから抱え込んだ。そしてバックからずちゅ、と欲情の証を捻り入れていく。

「あああ……好き、好き、好き」

嬉しそうに腰を揺すり、由莉香は何度も何度も求めてきた。

「離れたくないの……」

そう呻きながら、ぴっとりと丸いヒップを雄太の下腹部に押しつけてくる。

「俺だって、一緒にいたいよ」

ぐちゅ、ぐちゅ、と後ろから攻めながら、雄太はいっそ、自分も離婚してしまい、彼女との生活に入ったほうがいいのだろうか、と考えていた。若いこの女と毎日一緒にいられるのなら、もう一踏ん張り、できそうな気もする。

「ああ……ぅ、ああ、もうイッちゃうッ！」

ずちゅ、ずちゅ、と淫らすぎる蜜鳴りに刺激されながら、丸くボリュームのある女尻を雄太は強く揉んだ。どうにかして、彼女を自分だけのものにしておきたかった。早く摑まえておかなければ、由莉香ほどのいい女は、すぐに他の男にさらわれてしまいそうで、気が焦《あせ》る。

「ああァン」

由莉香の膣がむきゅぅ、と締まった。

「ああ、ああ、イっくぅ……！」

雄太の援助の申し出が相当嬉しかったらしく、あっという間に彼女は絶頂に達してしまった。ひくンひくンとびくついている花襞のざわめきの奥に、雄太は一気に精液を飛び放たせた。

「ああ……、熱い、熱い」

うわごとのようにそう由莉香は繰り返しながら、雄太にしがみついてきた。

それから二週間後。

由莉香の携帯電話は止まっていた。不審に思ってマンションに向かうと、そこも引き払われた後だった。意味がよくわからなくて、雄太は呆然《ぼうぜん》とその場に立ち尽くした。二人で暮らせる部屋を探そう、と奮発して百万円を渡した直後だった。妻にもそれとなく離婚を切り出していたというのに……。

その頃由莉香は、羽田空港近くのシティホテルでくつろいでいた。雄太から百万、他の数人の男達からも似たような額が集まった。全部で数百万だ。これでしばらく遊んで暮らせるかな、とほくそ笑む。

最初から嘘だったのだ。そもそも由莉香は結婚など、していない。男の持ち物を部屋の中に散らばせておけば、皆、勝手に由莉香のことを人妻だと信じ込んでくれた。そして頃合いをみて離婚したと告げれば、同情と後ろめたさとで、まとまった金を渡してくれる。

由莉香はプロの詐欺師だったのだ。人妻は独身の女と違い、毎日は逢い引きができない。その状況を逆利用して、由莉香は数人の男達と同時進行で関係を持ち、稼ぎまくっていたのである。

次は食べ物が美味しそうだし、スキーもしたいから、北海道に住むつもりだ。朝一番の便で発つ。由莉香は札幌の観光ガイドブックのページを楽しくめくった。

Ecstasy

『ギター弾《ひ》きの指』

斎藤純

1

黒いレースのブラジャーがずり下がり、丸見えになった片方の乳房を持ち上げている。乳房は掌におさまりきらないほど大きく、子供を生んでいないせいか三十半ばとは思えないような淡いピンクの乳首が尖《とが》っている。

乳首をつまむ。

「あうッ」

溜息とも呻き声ともつかぬ声が、計算された薄明かりで満たされたホテルの部屋に流れる。

川口恵三《かわぐちけいぞう》はその声に股間の逸物が反応するのを心地よく感じつつ、視線を下ろしていった。

臍《へそ》の上を黒いガーターベルトが横切り、下に向かって伸びた四本のベルトは光沢のあるストッキングを吊《つ》って、白い太腿に艶かしく張りついている。

脚の付け根を黒いレースの下着が隠している。いや、実際には何も隠していない。

申し訳程度の二等辺三角形の布切れからは女性器を構成するパーツが淫らにはみ出ている。そして、その黒い下着はもちろんのこと、シーツにまで染みをつくっているのは、すでにこってりと舐《ねぶ》られ、ひらかれ、さんざん嬲《なぶ》られ、奥深くまで掻《か》き回され、一度か二度は快楽の頂点に達したことを物語っている。

沼田涼子《ぬまたりょうこ》は恵三の指でいたぶられるのを好んだ。まだペッティングだけで、恵三のペニスは挿入されていない。許しが出るまで、性交はお預けなのだ。

「もう一回、指でいかせて」

恵三が不服そうな顔をするのを涼子は見逃さなかった。

「してくれないなら、もう帰るわ」

それは困る。だが、もう我慢できない。

涼子が恵三の股間に手を伸ばし、ペニスを握った。柔らかなタッチでしごく。ペニスに与えられる刺激が恵三から反抗心を奪った。命令と奉仕。飴《あめ》と鞭《むち》だ。結局は従わざるを得ないのだ。恵三は黒い小さなレースの下着の横から、左手の中指を差しこんだ。

「もっと奥に」

指を奥まで迎えいれようと涼子が腰を上げる。

恵三はその要望に応えて、中指をさらに進めた。こりこりとした突起物に中指の先が当たる。

「そ、そこよ。いいわ。いい」

涼子が腰を自ら回す。

恵三の指でのたうつ女体は、本人が言うとおり、少し太めかもしれない。だが、ウエストはちゃんとくびれているし、脚の長さが長身のプロポーションを際立たせている。何よりも恵三と同年代の女たちと違って、脂《あぶら》がのりきっている。涼子は恵三より八歳上だ。男の味を知りつくした体だけが持つ色香は、恵三を溺《おぼ》れさせるに充分だった。

「ああ、いく、いくわ。おっぱいを吸って」

涼子のリードで恵三は乳房にむしゃぶりつき、乳首を吸った。

「ヒィッ」

声にならない呻き声を上げて、涼子は背をのけぞらせる。体に深々と埋まっている恵三の指が、キュッと締めつけられた。達した証だった。

黒いランジェリーで飾られた豊満な体を眺め下ろしていた恵三は、今夜最初の仕上げに取りかかるべく、大きくひらいた脚のあいだに腰を進めようとした。

「待って」

かすれた声で涼子が恵三の動きを制した。

「お願いがあるの」

「またですか」

恵三がふくれっ面をして応じた。その声には若干の怒りが感じられた。涼子の子宮を突き上げようと待機していた股間の逸物も、先を真っ赤にふくれさせている。もちろん、それは怒りのせいではないが。

恵三が怒ったのも無理はなかった。その日、涼子に「待った」をかけられたのは、それで二度めだった。じらすにも限度がある。

いつもと同じように、渋谷のホテルには恵三が先にチェックインした。ホテルの予約は恵三の担当だった。涼子の自宅で会うわけにはいかないし、恵三は社宅のアパート住まいだから周囲の目がうるさい。

白いブラウスに空色のスーツ姿の涼子が来たのは、午後三時を少しまわった頃だった。

恵三と涼子は立ったまま唇を合わせ、舌をからませた。スカートをたくしあげた恵三の手が、ガーターベルトとストッキングを確かめる。

初めての夜にそのランジェリーを目にした恵三は、興奮のあまり、目眩《めまい》を覚えた。そういうランジェリーがあることはもちろん知っていたし、赤坂のショーパブで女の子たちが身に着けているのも目にしている。けれども、涼子のような普通の主婦がそんなランジェリー姿で出歩くのはちょっと信じられないことだった。しかも、黒いレースのそれは肉感的な涼子の体によく似合っている。

もっとも、涼子はもう主婦ではない。正確には未亡人だ。

恵三のバスローブに涼子の手が滑りこみ、早くも勃起状態にあるペニスを柔らかく握った。

恵三が眼を閉じて、ウッと呻く。唇が離れ、唾液《だえき》が糸を引いた。

涼子はなおも恵三のペニスをしごきつづける。

たまらなくなって恵三は涼子を後ろ向きにさせ、テーブルに両手をつかせた。

スカートを腰までまくりあげると、黒いレースの下着の後ろ側はあまりに細過ぎて、お尻が丸見えだった。その下着に指をかけてずらし、バスローブの前を割って、股間の逸物を突き入れようと腰を進めた。

そのとき、一度めの「待った」がかかったのだった。

「すみません、ついあせってしまって」

ことを急いで涼子が気を悪くしたものと思い、恵三は謝った。

2

涼子は別に怒ったわけではなかった。

「走ってきたから、喉が渇いてるの」

スカートの裾を直して涼子は椅子に坐った。

恵三の顔に安堵《あんど》の微笑が浮かんだ。二人のあいだで、恵三がリードすることは容易には許されない。涼子が気を悪くしたら、この関係が終わってしまう。それはもちろん避けたい。寝室では涼子のペースにまかせるしかなかった。

冷蔵庫から缶ビールを出し、グラスに注いで涼子に渡す。

涼子はビールをいっきに飲み干すと、媚《こ》びるような声で訊いた。

「約束のもの、持ってきてくれた?」

「ギターなら、そこに」

恵三が指し示す部屋の隅に、グラスファイバー製のギターケースがあった。

涼子が言った。

「弾いて」

「今ですか」

「そうよ」

「後からではいけませんか」

ギターを弾くのが厭《いや》なのではない。ギターくらいしか取柄《とりえ》がないことは恵三自身が一番よく知っている。だが、ギターを弾くなら、勃起したペニスを一度おとなしくさせてからにしたかった。

「お願い」

涼子が甘えた声で懇願《こんがん》する。

仕方なく恵三はギターを手にして、ベッドに腰かけた。

涼子が好きな曲を弾く。

「嬉《うれ》しい。ブローウェルね」

涼子が熱い吐息混じりに呟いた。

弾きはじめて間もなく、恵三は涼子のようすがおかしいことに気がついた。顔を上気させ、椅子の上でもじもじと腰をくねらせている。

涼子の視線はギターを弾く恵三の指にじっと注がれている。

曲が進むに連れて、涼子の息が荒くなった。

よく見ると、涼子はスカートの上から股間を撫《な》でている。まさか、目の前でオナニーをはじめるなんて。

「り、涼子さん」

恵三が声をかけると、涼子は激しく首を左右に振った。

「やめないで。弾きつづけて」

恵三は従った。

涼子は大胆になり、椅子の上で脚を大きくひらいた。

「恵三くんの指、素敵よ。とってもセクシーだわ」

涼子はギターを弾く恵三の指を見つめながら、股間の最も感じやすい部分を擦り、揉み、撫であげている。

ギターを弾く恵三の目は、黒いレースの布の下で動く涼子の手に釘付けだった。

「涼子さんも、きれいです。とてもきれいです」

「何も言わないで。ギターを弾いて」

命令口調で言い、涼子は自分でジャケットのボタンを外した。左手でブラウスの上から大きな乳房を揉みしだく。

股間の指の動きが激しくなった。

もっと感触を高めるためにブラウスのボタンも外し、前をはだけ、黒いレースのブラジャーごと乳房をきつく握る。

その豊かな乳房に吸いつきたいのをこらえ、恵三はギターを弾いている。集中力が失われているからミストーンを連発するが、涼子はそんなことなどいっこうにかまわないようだ。

「その指がこれからわたしのここを苛《いじ》めるのかと思うと、もうたまらないわ」

そう言った直後、ヒィッと小さな悲鳴を上げ、四肢をブルブルと震わせた。

指で自ら達したのだ。

本当はギターを投げ出して、すぐにも涼子を押し倒したかった。だが、長期ローンを組んで手に入れたヘルマン・ハウザー三世を手荒に扱うわけにはいかない。慌ただしくギターケースに仕舞ってから、椅子の上でぐったりしている涼子の前に立った。

涼子が顔を上げ、潤《うる》んだ目で恵三の顔を見た。

「今日は夢がかなったわ。ギターを弾いている恵三くんの前で、いきたかったの」

「じゃ、今度は僕のを」

恵三はバスローブの前をはだけた。涼子のオナニーを見せつけられて反応していたペニスが勢いよく飛びでる。

涼子の視線が下がっていく。

怒張して反りかえっている逸物を見て、目を輝かせるものと思ったのに、涼子の視線はペニスをあっさりと通り過ぎ、恵三の左手で止まった。

「その手をちょうだい」

何のことかわからないまま、恵三は左手を差しだした。

涼子がその手をとり、愛《いと》しげに指をしゃぶった。

しゃぶってほしいのは手の指なんかではなくペニスだ。恵三はまたしても、じらされる思いがした。

「固くなったオチンチンを見て女が興奮すると思ったら、大間違いよ。そんなの子供の発想だわ。女はそんなものにはちっとも感じないの。女が興奮するのは、男の汗の匂いだったり、仕事帰りの後ろ姿だったり、髪をかきあげるしぐさだったり。そういうのに女は感じるものなのよ。わたしの場合は、長くてしなやかな指を見ると、たまらなくなるの。パソコンのキーボードを長い指で叩いている男の人を見るのって好きよ。でも、恵三くんの指は特別だわ。ホント、恵三くんがギターを弾いているところを見ているだけで濡れてくるもの」

指をしゃぶりながら、涼子はそんなことを譫言《うわごと》のように言いつづけた。

恵三は涼子の亡夫、公雄《きみお》の指を思いだそうとした。

3

涼子に左手の指をしゃぶられながら、恵三は沼田公雄のことを思いだしていた。公雄は恵三が出た大学の大先輩で、マンドリンの名手だった。恵三が所属していたギター・マンドリンクラブに公雄は指導に来ていて、たまたま出身が同じ青森ということもあって親しくなり、自宅にちょくちょく呼ばれては、公雄が勤めていた商社の同僚や涼子の前で一緒に演奏を披露したものだ。

その華麗な演奏は記憶にまだ鮮明に残っているが、公雄の指がどんな形だったか思いだすことはできなかった。

気がつくとペニスがしおれていた。

指の皮がふやけるほどしゃぶった涼子が、ようやく股間の逸物を口に含む。じらされて、待ちに待っていただけに、涼子の口の感触は格別だった。涼子は硬度と角度がすぐに回復したペニスをちろちろと舐め、横からくわえ、亀頭を吸う。

早くも恵三は我慢できなくなった。初めての夜のとき、涼子は恵三の熱い生命の迸《ほとばし》りを二度も口で受け止めてくれた。涼子は男のエキスを飲むのが好きだった。

「そんなにしたら、で、出ちゃいます。いっていいですか」

一度口のなかに放ち、それからベッドでじっくりと楽しもう。恵三はそう考えて、いっきに高みへ登り詰めようと腰を前後に振った。

ところが、あと一息というところで涼子が口からペニスを出した。

「ああ、ひ、ひどい」

涙声を上げる恵三を涼子が毅然と睨《にら》みつけた。

「我慢しなさい」

「いつものように口でいかせてください」

「駄目。ベッドに行《い》きましょう」

涼子が唇の端を吊《つ》り上げて笑った。それは、外では絶対に見せることのない表情だった。密室で乱れた姿をさらしているときにだけ、その笑顔があらわれる。

地味なスーツに淫乱な体を包み隠しているように、涼子には隠しごとが多い。

涼子はそれを認めている。

「そうよ。三十女は秘密のいっぱい詰まった宝箱のようなものなのよ」

まさにそのとおりだと恵三は思った。ギターを弾く左手の指に対する異常な執着もそのひとつだ。

ベッドでも涼子は恵三の指を求めた。唾液ではなく、愛液が指を濡らす場所に。

恵三は左手の指を駆使した。右手の指は爪を伸ばしているので涼子の体内を傷つけるかもしれず使えない。

指だけで涼子はまた何度も悲鳴を上げた。感じやすい体なのだ。

恵三の指で絶頂を何度も迎え、疲れきったように涼子はぐったりと体を伸ばした。

黒いランジェリーで飾られた豊満な体を眺め下ろしていた恵三は、今夜最初の仕上げに取りかかるべく、大きくひらいた脚のあいだに腰を進めようとした。

「待って」

涼子が目をあけ、かすれた声で恵三の動きを制した。

「お願いがあるの」

「またですか」

恵三がふくれっ面をして応じた。その声には若干の怒りが感じられた。

涼子の子宮を突き上げようと待機していた股間の逸物も、先を真っ赤にふくれさせている。

涼子は上半身を起こし、恵三の肩を両手で突いた。恵三はベッドに仰向けになった。涼子は素早く、恵三のペニスを口いっぱいに頬張った。

「ねえ、わたしたちって、肌が合うと思わない？」

口に逸物を含んだままなので、涼子の言葉は不明瞭だったが、それには同感だった。なにしろ、高級ソープランドでも涼子とのセックスほどの快楽は得られない。まして、同年齢の女たちとのセックスなんて、まるで子供騙《だま》しだ。

だが、返事はためらわれた。肌が合うことを素直に認めるには、後ろめたい気持ちがあった。それは三カ月前に関係を持ったときから心の隅を去ったことがなかった。

「公雄さんのことを気にしているなら馬鹿げているわよ」

恵三のペニスに舌を這わせ、唾液で濡らして舐《ねぶ》りながら涼子は言い放った。

「でも」

「死んだ人のことを気にしても仕方がないわ。それに、あの人とは恵三くんとのようにはうまくいかなかったもの」

それを聞いても後ろめたさは消えず、むしろ逆に強まってしまった。

「恵三くんの頭のなかから、あの人のことを追いだしてあげるわ。もっとわたしの体を味わい、心から楽しめるように」

今でも充分に楽しみ、味わい尽くしている。これ以上の快楽がまだあるとは思えなかった。

だが、例によって「お願いがあるの」と涼子は切りだした。

「なんでしょうか」

「わたしの好きにさせて」

「いつだって、好きにしているじゃありませんか」

「今日はもっと特別なことをしたいの」

ペニスを舐りながらの涼子の声はいつにも増して淫靡な響きに満ちていた。

恵三が返事をためらっていると、涼子が言った。

「厭ならいいのよ」

たった今まで、恵三の指で死にそうな喘ぎ声を上げていた女と同一人物とは思えないような冷たい声だった。

4

さっさとベッドを下りようとする涼子を恵三は引き止めた。

「待ってください。言うとおりにします」

涼子の顔に笑みが戻った。

恵三は胸の内で、ホッと溜息をついた。こういうとき、涼子は本当に帰ってしまうのだ。

あれは、クラシック・コンサートに二人で出かけた夜のことだ。一部がチャイコフスキーのピアノ協奏曲、二部がラフマニノフの交響曲二番というプログラムだった。恵三は正直なところ、ギター以外のクラシック音楽についてはよくわからないのだが、ロシア出身の新進のピアニストが弾くチャイコフスキーは涼子をいたく感動させた。感動というよりも、興奮と言ったほうが正しかった。

「ピアノ一台で、いえ、十本の指でオーケストラをぐいぐい引っ張って、本当にみごとだったわ。指揮者にはちょっとかわいそうだったけど、ピアニストのほうが役者が一枚も二枚もうわてだったんだから、いい勉強になったでしょう」

欲情を想わせる顔つきとは裏腹に、批評は怜悧《れいり》だった。それが涼子の魅力でもあった。怜悧さと高慢さは、ある意味で涼子の豊満な肉体以上に男を引き寄せるフェロモンの働きをしている。

恵三はそのホールから歩いて行ける距離のホテルに部屋をとっていた。涼子の上気した横顔は、ホテルに行ってからの楽しみを充分に予感させた。

二部の開始を告げるチャイムが鳴ったとき、涼子が耳元で囁いた。

「出ましょう」

「え？」

「さ、急いで」

抱かれたいのを辛抱できなくなったんだな、と微笑しつつ恵三は席を立った。

だが、涼子が行こうとしたのはホテルではなかった。

「一緒に女子トイレに入るのよ」

命令口調だった。

「トイレでわたしを抱いて」

恵三はためらった。

涼子は恵三の耳に熱い息を吹きかけるように詰め寄った。

「わたしの頼みが聞けないの？」

「いくら涼子さんの頼みでも」

女子トイレなんかにいるところが見つかったら、会社をクビになるかもしれない。

「もう我慢できないの。恵三くんのぶっといのを、わたしのびしょ濡れのあそこにブチ込んでちょうだい」

ふだんはお高くとまっている涼子の口からそんな言葉が出てくるなんて、周囲のものは絶対に信じないだろう。それだけにインパクトが強い。恵三は驚くよりも先に、その言葉だけでズボンが窮屈になった。

二部の演奏がはじまるから、すでに廊下に人影はない。今なら誰にも見られずに女子トイレに入れるだろう。

客席から拍手が聞こえてきた。指揮者が登場したのだ。もう席には戻れない。

しかし、恵三はまだ決断できない。

涼子があっさりと言った。

「じゃ、帰るわ」

「ホテルに？」

「いいえ、わたし一人で家に帰ります。さよなら」

まさか本気ではないだろうと思ったが、涼子は恵三に背中を向けて、ホールの出口へと歩いていった。今帰られてはズボンのなかで窮屈な思いをしている逸物の行き場がなくなる。

慌てて恵三は涼子の手をとり、女子トイレに入った。

ドアを閉めてロックすると、恵三は安堵の溜息をついた。誰にも見られなかった。

涼子が便器に右足をのせ、スカートをまくりあげた。

デートのときに身につけてくる洒落たデザインのガーターベルトとショーツ、透かし模様の入ったストッキングに包まれた太腿があらわになった。

「しゃがんで」

涼子に言われ、恵三はしゃがみこんだ。その頭をつかんで、涼子が引き寄せる。

恵三は涼子の股のあいだに顔を埋めた。熟した女の芳香が、むっと匂った。涼子自らがショーツを脇にずらし、じかに舌が触れるのを求めた。そこは涼子が言っていたとおりの状態になっていた。潤いが外にまで洩れて、レースのショーツを濡らしている。

かすかにオーケストラの音が聴こえてくる。

舌を使いながら指を入れようとすると、涼子がスッと腰を引いた。

「指は駄目。舐め上げて。いっぱい舐めてちょうだい」

言われたとおりに恵三は舌を酷使した。芳香が強まり、それが恵三の舌を加速させる。

「ああ、上手。恵三くんは舌が長いのね。もっと奥まで突きいれて、舌でわたしをいかせて」

そのとき、誰かが入ってくる気配がした。足音がし、ドアの閉まる音がつづいた。

恵三はすべての動きを中断し、息をひそめた。

ところが、涼子は剝き出しの股間を恵三の顔にぐいぐい押しつける。つづけろ、という意味だ。

気づかれたらまずい。二部の演奏がはじまっているから、おそらく関係者の一人だろう。出て行ってからにしたほうがいい。そう思って、恵三は立ち上がった。

興奮で小鼻をふくらませた涼子が呟いた。

「後ろからやって」

恵三に背を向けて壁に手をつき、スカートをまくり上げた。丸出しになった尻に、ずらしたショーツが食いこんでいる。ガーターベルトで吊ったストッキングが、むっちりと張った太腿を艶かしく際立たせている。

恵三は生唾を飲んだ。その音がやけに大きくトイレ中に響いたような気がした。

5

涼子が突き出した尻を振り、恵三の攻めを待っている。

ゴクリ、と生唾を飲みこんだ恵三だったが、じっと立ったまま動かなかった。

涼子が急かした。

「早く、来て。後ろから突き上げてちょうだい」

丸出しの臀部を飾る黒いガーターベルトとショーツが、全裸以上に淫靡《いんび》な雰囲気を醸しだしている。にもかかわらず、恵三の勃起は不十分だった。トイレに他の人がいるので気が散ってしまい、熱が引いていったのだ。

「どうしたのよ」

恵三が男の証明をしようとしないのを知って、涼子はスカートの裾を素早くおろし、とたんに平常の高慢ちきな女の顔に戻った。

「わたし、帰るわ」

「人が出ていくまで待ってください」

「もうする気がなくなったわ」

冷淡に言って、さっさと涼子は恵三を女子トイレに置き去りにしていった。ついて行きそびれた恵三は息を殺して、じっと待った。ほどなくして水を流す音がし、後から入ってきた女が出ていった。恵三は誰にも見つからずに女子トイレを脱出することができた。

そんなことがあって以来、涼子の「帰るわ」は脅しでもはったりでもないのだと肝に銘じている。

だが、涼子は我が儘なだけの女ではない。

「今夜は恵三くんの望むことを何でもしてあげるわよ」

涼子がそう切り出したのは、イタリアン・レストランでアマローネの九一年を奮発した晩のことだった。舌を溶かすようなアマローネが涼子の心まで溶かしたらしい。

恵三は全身を舐めろと命じた。

涼子は従った。恵三の顔を舐め、首から胸に下りていき、臍を舐め、ペニスに舌が向かった。

「そこは一番後に」

これにも涼子は従った。ペニスを素通りして、腿に舌を這わせていく。ペニスに涼子の長い髪がからまり、手とも膣とも口とも異なる快感に包まれた。

やがて涼子は恵三の片足を肩に抱えあげた。これは位置を逆にすれば、涼子が好む体位だ。恵三は自分が犯されるような奇妙な感覚に陥った。

涼子の舌が膝の裏側から踵《かかと》に移った。

「足の指も舐めてほしい？」

「うん」

「じゃ、そう命令して」

「足の指を舐めろ」

涼子はその言葉を待っていたかのように、足の指を口いっぱいに含んだ。貪るようにしゃぶる。

足の指を舐められていると、不思議なことにペニスが刺激を受けて勃起した。神経がつながっているのだろうか。それとも、視覚的な効果なのだろうか。

「こんなに固くなって」

うっとりと言って、涼子は恵三を跨《また》いだ。騎乗位でひとつになるつもりだ。

「まだ、駄目だ」

恵三はくるりと体をまわして、うつ伏せになった。

「うん、もう意地悪」

「背中を舐めろ」

不平を洩らした涼子に、恵三は命じた。

涼子は従った。

ねっとりとした舌の動きを背中で味わう。

恵三の腹の下に涼子が右手を差し入れてきた。ペニスを握るためだ。涼子の手が動きやすいように腰を浮かせた。

涼子の湿った手のひらにペニスが包まれた。

右手でしごかれ、背中を舐めまわされているうちに、浮かせていた腰がどんどん高くなっていく。

陰嚢が熱くなった。涼子が口に含んだのだ。左右交互に含んでは口のなかで転がす。

「ああ、いい」

恵三は呟いた。

その声が催淫剤の役割を果たしたのか、涼子はますます大胆になった。四つん這いになった恵三の尻に顔を埋める。

「おおお」

アヌスに舌を受け入れて、恵三は声を上げた。

涼子の舌は執拗にそこを攻めた。舌を使いながら、前にまわした両手で、牛の乳をしぼるようにペニスをしごく。

その手のなかに恵三は放出しそうになる。

涼子もそれを察した。

「恵三くん、ちょうだい。お願い、ちょうだい」

涼子が恵三の脇に体を投げだし、四肢を大きくひろげた。

恵三は覆いかぶさった。何の抵抗もなく、いや、むしろ吸い込まれるように恵三のペニスが涼子の内部に埋まる。

背中をのけぞらせた涼子は、恵三のリズミカルな突きに合わせて腰をまわす。

肉襞がからみつき、最深部の突起が恵三のペニスの先端を刺激する。アナルを舌で舐られ、手でさんざんいたぶられた後だから、すぐに達しそうになる。

「中にしちゃ駄目よ」

涼子はそう言うなり、恵三を押し倒して上になった。沸点に達して、ぱんぱんに膨れ上がった亀頭を頬張ると、頭を上下に動かした。

恵三は喉の奥に向けて盛大に放った。男の味をとことん知り尽くしている。涼子は熱い迸りを口で受けるのが好きだ。それで達することができる女なのだ。

けれども、決して男に溺れはしない。

だから、恵三が涼子の気にいらない態度をとると、それまでの乱れっぷりが嘘のような冷たい声で「帰るわ」と告げることができる。

今夜はその典型だ。

さっさとベッドを下りようとする涼子を恵三は引き止めた。

6

涼子があんまりじらすので、つい反抗的な態度を見せた恵三だった。けれども、結局は涼子の思いどおりになるしかなかった。

「待ってください。言うとおりにします」

涼子の顔に笑みが戻った。

恵三の見ている前で涼子は自分が着てきたスーツと恵三のジーンズからベルトを抜き、バスローブの紐も抜いた。

「両手を上げて」

涼子は恵三に万歳をさせ、両手首をベルトで縛った。両足首もバスローブの紐で縛る。バスルームから持ってきたフェイスタオルで目隠しをする。ベルトが一本あまっている。後で何かに使うつもりなのだろうか。

「こんなふうに縛られたことがあって？」

「いえ、初めて――ムググ」

答え終わらないうちに恵三の口がふさがれた。複雑な構造の濡れた襞が、恵三の鼻、口、頬を襲う。涼子が恵三の顔にまたがったのだ。

皮膚の上をまるでナメクジが這っているような感じだ。濃厚な女の匂いに噎《む》せそうになりながら、恵三は舌を突きいれ、あるいは襞を吸って、涼子に声を上げさせる。

「そんなにしちゃ、感じすぎちゃう」

涼子の甘えた声に恵三はさらに張りきって、さっきは指で嬲り尽くした部分に舌を長々と伸ばした。涼子も舌を奥深くまで迎えいれようと尻を恵三の顔に押しつける。あまり動きが激しいので目隠しが取れた。だが、恵三は息ができないし、何も見えない。

互いの愛液と唾液を混ぜあわせているあいだも涼子は手を休めず、恵三の屹立したペニスをしごきつづけていたから、もうぎりぎりの沸点に達している。

涼子が体の位置を変えた。恵三は深く息を吸い、肺に空気を送りこむ。苦しさのあまり恵三の目からは涙が溢れ、愛液と唾液で顔がべちょべちょだった。

涼子が上からペニスをおさめた。二人の口から同時に熱い吐息が洩れる。

「いい、とってもいい。わたしだって、こうしたいのを我慢していたのよ。我慢したから、こんなに気持ちいいのよ。わかるでしょう。いつもと違うでしょう」

確かにいつもとは締まり具合が違う。いや、単に締まるだけではない。独立した生き物のようにペニスにからみつき、締め上げたり、撫でまわしたり、吸い上げたりする。

「こんな感覚は初めてです。涼子さんのあそこが僕のオチンチンを、ああ」

言葉にならない。

「恵三くんも素敵よ。いつもより、ずっと大きくて硬いわ。いい、いい、いい」

いい、と譫言《うわごと》のように繰り返しながら腰を激しく上下動させて、肉付きの豊かな尻を恵三の下腹へリズミカルにぶつける。黒いレースのブラジャーから溢れた乳房が、その動きとリンクして揺れる。

「涼子さんのおっぱいを揉みたい。手を自由にしてください」

「そのままでいいのよ。手足の動きがとれないでしょう。こうしていると男を犯しているようで、とっても興奮するの」

涼子は余っていたベルトを右手で振り回しはじめた。恵三の胸をベルトがしたたか打つ。

「い、痛い。何をするんですか」

胸に赤いミミズ腫れが走った。

涼子はなおもベルトを鞭のようにふるう。

「涼子さん、痛いです。や、やめてください」

「ギターを弾いているときも素敵だけど、縛られている恵三くんって、もっと素敵。素敵すぎるわ。ああ、何てことなの。オチンチンをずっぽりくわえこんで、勝手に腰が動いちゃうわ。わたしをこんなに乱れさせるなんて、悪い人よ、恵三くんは」

ベルトの鞭が恵三の胸や肩にどんどんミミズ腫れをつくっていく。恵三が痛がれば痛がるほど、涼子の腰の動きは激しさを増し、水遊びをしているような音を接合部が発する。

「お願いです。やめてください」

「駄目よ、駄目よ。わたしをこんなに淫らにさせる悪い男にはお仕置きが当然よ」

涼子は恵三のペニスを中心点に腰を回し、新たな感触を得て甲高い声を上げた。

恵三もまたこれまでにない愉悦を迎えようとしていた。鞭による痛みと、下腹部が痺れるような快感に恍惚となる。

豊満な涼子の体が恵三の上で悶え、震え、上下動をつづけながらペニスを締め上げる。

鞭打ちがようやく終わった。安心したのも束の間、涼子が上半身を倒し、乳房で恵三の口をふさいだ。

「さあ、おっぱいを舐めたかったんでしょう。乳首を吸いたかったんでしょう。存分にやってちょうだい」

息苦しさをこらえて恵三は懸命に乳房を口で攻めた。

いつの間にか涼子の手にあったベルトが、乳首にむさぼりついている恵三の首に回された。

「何をするんですか」

そう言おうとしたが、首を絞められて声にならなかった。ふいに恵三の脳裏に、涼子の亡夫である公雄の手の記憶がよみがえった。公雄の指も確か長かった。公雄はその長い指を持て余し気味にマンドリンを弾いていた。

公雄は自殺だった。ベッドに寝た状態で首を吊っていたという。低いところでも首吊り自殺ができることを恵三はこのとき初めて知った。遺書はなかったし、自殺の原因に思いあたるものは一人もいなかった。

薄れゆく意識のなかで恵三は、涼子が絶頂に達する叫び声を聞いたような気がした。

Ecstasy

『ささやき愛』

小沢章友

1

柔らかな繊毛《せんもう》にふちどられたその女陰は、ひどく小ぶりだった。やや暗ずんだ薔薇《ばら》色の唇は、生々しい皺《しわ》が細かく走っていて、ちょうどおちょぼ口を縦にしたかたちで、半びらきになっていた。

指でそっと、さらにひらいてみると、ある種の貝の内部を思わせる鮮紅色の輝きの奥に、小さな膣口がうがたれ、唇のあわせめの先端には、あざやかなローズ・ピンク色の花芽がのぞいている。鼻を近づけると、ジャコウから採取したといわれるホワイト・ムスクの匂いが漂ってくる。それはまさしく、二十代の女性の陰部だった。

どうしてこんな幸運が舞い降りてきたのか、水野邦夫《みずのくにお》は、いま自分の置かれている立場が信じられない思いだった。

今年最後の花火を見よう。そう思い立ったのが、昨日だった。水野は子供の頃から、花火が好きだった。心がどれほど鬱屈《うつくつ》していても、花火を見れば、気持ちが晴れるのだった。だから、大人になってからも、花火大会にはこまめに出掛けて行った。

といっても、はやりの浴衣姿の若者たちに混じって近くで見るのは気後れがして、遠くでそっと眺めるのが常だった。

今年は、隅田《すみだ》川と東京湾の花火をそうやって眺めた。しかし、冷夏に加えて雨が降りつづき、多摩《たま》川も、神宮外苑《じんぐうがいえん》も、花火が流れてしまった。こんな夏もあるさとあきらめかけていたが、八月三十日の土曜日に、豊島園《としまえん》で最後の花火があると知り、やって来たのだ。

売店で缶ビールをふたつ買うと、見物客がひしめいている場所を避け、樹木が暗くおおいかぶさっているテーブルにすわった。花火を見る絶好の位置とは言い難かったが、水野にはそれでよかった。

ビールを飲みながら、樹木にさえぎられた花火を、のんびり眺めよう。そう思って、缶ビールをあけようとした時、女の姿が眼にとまったのだ。

女はテーブルの右端にすわって、細い煙草を喫いつけていた。顔は蒼白く、潤《うる》んだような大きな眼で、どこかあらぬ彼方を見つめている。ほっそりした顎のあたりが寂しげで、頬骨がかすかに目立った。男の気配はなく、待ち人来らず、といった風情だった。

約束をすっぽかされたな。そう思った時、どうしてそんな勇気が湧いてきたのか、「あの……」と言った自分に、水野は驚いていた。

「これ、よかったら」

缶ビールをひとつ差し出したのだ。女はしばらく、なにを言われているのか、わからないような顔で、水野を見た。無視されてはいない。そのことに意を強くし、水野はさらに缶ビールを押しやった。

女がなぜ、見ず知らずの五十男から差し出された缶ビールを受け取ったのか、そのうえ、黙って飲み始めたのか、理由はわからなかった。普通なら、気味悪がられて、テーブルを離れていくところなのに、女はどうしてか、すんなりと水野の好意を受け入れたのだ。

それから後の展開は、なにかしら水中で生起しているかのように、現実感がなかった。眼に透明な皮膜がかかったような状態で、花火が遠くで打ち上がり、終わった。

親子連れや恋人たちが豊島園から出ていく後を、水野は歩いた。驚いたことに、女も、一、二歩離れた横を歩いていた。手を伸ばせば、濃藍色のワンピースからのぞいている白い撫で肩を、抱き寄せることもできそうだった。

水野は歩きながら、時折、女に眼を走らせた。その横顔はひどく寂しく、どこか途方に暮れているように見えた。

ずっと後になってから、彼女はこう告白した。

あの時は、肌がそそけだつほど、寂しかったの。ひとりぼっちには慣れているはずなのに、なにかこう、自分が、冷たい風の吹きわたる世界のはずれに、ぽつんとひとりぼっちで立っていて、背中を押されたら、落ちていきそうだった……。誰でもいいから、私をここから連れ出してほしい。そんな気持ちだったの……。

豊島園を出てから、水野と女は、黙って歩きつづけた。駅にも向かわず、黙契《もっけい》でも交わしたかのように、歩きつづけた。

そして、とあるシティ・ホテルの前で、水野が女を見やると、女は立ち止まり、濡れたような大きな眼を、胡乱《うろん》にさまよわせた……。

シティ・ホテルのベージュ色のシーツの上に、放恣《ほうし》に身を投げ出している女の、その太腿の間に息づいている、暗い薔薇色の陰部を見つめ、水野は思った。

どうして、こんな僥倖《ぎょうこう》にめぐりあうことができたのだろう……。

これまで、自分の人生はことごとく思い通りにいかなかった。団塊《だんかい》の世代に生まれ、受験勉強を強《し》いられ、一浪して、第二志望の大学に入った。学生運動をうまく切り上げ、そこその会社に入ったまでは良かったが、部課長になったところで、会社は倒産した。その時、デザイナーの妻と離婚した。転職を重ね、いまは三つめの会社だったが、いつ退職勧告されてもおかしくなかった。

これから、どうなるのだろう。これが自分の人生なのか？　ほんとうに、これだけで、自分の人生は終わってしまうのか？

プラットホームから、通勤電車に向かって、ふらっと飛び降りたくなるような思いを抱えて毎日を生きていた水野に、その女は、まるで天から舞い降りてきた恩寵《おんちょう》のように、みずみずしい軀《からだ》を横たえているのだ。

ホワイト・ムスクの香りがする女陰を、水野は、薔薇色の花弁をひらかせるようにして、舌でなめ始めた。

この幸運が、幻のように消えてしまいませんように。そう祈る気持ちだった……。

2

唇にはまだキスもしていなかった。乳首も吸ってはいない。いきなり核心をつくように、女の陰部を、舌でなめている時、水野邦夫はある言葉を、ふいに思い出した。

一心不乱に愛するんだ。

それは、出版社勤めで、恋愛名人と自称する学友の瀬川満《せがわみつる》の言葉だった。

いいか。恋愛はハートだ。どんな相手に対しても、たとえそれが、その場限りの風俗の女であったとしても、その瞬間は、全身全霊をこめて、呪文のように、愛しているとささやくんだ。それが恋愛の秘訣《ひけつ》さ。

呪文か。

ホワイト・ムスクが香る透明な雫《しずく》を、一滴もあまさず、すくい取るような気持ちで、薔薇色の女陰と花芽を、丹念《たんねん》になめながら、水野は思った。

呪文をとなえてみようか……。

ここ数カ月、あまり勃起したことのなかった男根が、ひさしぶりに昂《たか》まっている。

水野はそのことに安堵《あんど》した。もしも、できなかったなら。その不安が解消されたのだ。水野は、女の太腿をひらかせ、滑らかに濡れている女陰に、男根をあてがった。わずかに亀頭の部分を差し入れてから、女にゆっくりとおおいかぶさっていった。

女は眼を閉じ、両腕を脇に伸ばしたまま、なんの反応もしなかった。かすかに尖《とが》っている頬骨の先に、女の耳朶《じだ》が、草の花のように、白く咲いている。

水野は、女の左の耳に唇を近づけて、ささやいた。

「愛している」

まさにそれは呪文だった。水野にとっては、僥倖にもひとしい若い女との情事に対して、その幸運を破綻《はたん》させないための、けんめいの呪文だった。

とはいえ、その呪文に効《き》きめがあるとは思っていなかった。瀬川のように洒脱《しやだつ》な男が言うのなら、まだしも、自分のような無粋な男が言っても、効力はない。そう思いながらも、水野は全身全霊をこめて、呪文をささやいた。

「愛している」

その時だった。水野にされるがままになって、ほとんど身動きひとつしなかった女が、その呪文に呼応するように、ぴくりと動いたのだ。白い撫で肩が震え、その女陰が、水野の男根の亀頭を、かすかに強く締めつけたのである。

ひょっとしたら、効きめがあるのか？　逢ったばかりの、名前さえ知らない男に、愛していると告げられ、まともに信じる女はいまい。けれど、何度も、耳もとで繰り返されたなら、心がゆらぐことがあるのかもしれない。

考えてみれば、水野はそうした言葉を、相手にささやいたことは一度もなかった。

大学時代に出逢い、別れた恋人たちに対しても、最初の会社に出入りしていた妻の三枝子《みえこ》に対しても、交わりの最中に、そんな言葉をささやいたことは、一度もなかった。

もしかすれば、自分はこれまで誰も、ほんとうに愛したことがなかったのではないのか？　歯が浮くようで言わなかったのではなく、本心ではなかったから、言えなかったのではないのか？　だから、出逢う女、出逢う女、すべて自分から離れていったのではないのか？　その苦い思いを振り払うように、水野は、女の耳もとで、ささやきつづけた。

「愛している」

「愛している……」

愛の呪文をそうささやきながら、水野は、全身の感覚を亀頭に収斂《しゅうれん》させ、女の膣の内部を味わうように、少しずつ、少しずつ、男根を挿入していった。一気に深く入れると、すぐに果ててしまいそうな気がして、慎重に、それこそ一ミリずつ、男根を差し入れていった。

一ミリ進んでは、止める。また一ミリ進んでは、止める。その間、ひっきりなしに、女の耳もとで、ささやきつづけた。

「愛している」

女陰に挿入したまま、呪文をささやきつづけていると、名前すら知らない、その女のことが、なぜか、いとおしくてたまらなくなってくるのが、不思議だった。

なんだ、呪文は、相手じゃなくて、発言者に効いてくるのか？

自分の言葉に酔っている滑稽《こっけい》さが、ちらりと頭を掠《かす》めたが、すぐにそれを、片隅に追いやった。

これは呪文だ。呪文をとなえるのに、理屈などいるものか。瀬川の教え通り、一心不乱に、全身全霊をこめて、呪文をささやけ。

長い時間をかけて、男根が女陰の奥まで届いた。今度は、それをゆっくりと引き出していく番だった。水野は、一ミリずつ、男根を引き抜いていった。

「愛している……」

一ミリずつ引き抜きながら、愛の呪文を愚直にささやきつづけていると、その時だった。それまで、ほとんど無反応に近かった女の膣が、ある瞬間、強く震えたのだ。あぶない。たまらず、水野は男根を引き抜いて、女の腹の上で射精をしていた……。

二人は身繕いをし、ホテルを出て、駅へ向かった。

もうこれきりだろう。水野は思った。五十男と若い女が寂しさのあまり、行きずりの情事を交わした。それだけのことだ。名前も、電話番号も聞き出せないまま、別れていくのだ。地位も名誉もなく、いつ職を失うかもしれない自分には、若い女をつなぎ留めるような魅力も、女を囲う財力もない。すべては、今夜見た花火のような、たまゆらの夢だったのだ……。

ところが、駅で別れぎわ、女が潤んだ眼を遠くに投げて、つぶやくように言ったのだ。

「来週土曜の夕方に、私は、きっと善福寺《ぜんぷくじ》公園の奥のベンチにすわっているわ……」

3

夕暮れの寂光《じやっこう》が、善福寺公園をつつんでいた。西荻窪《にしおぎくぼ》と吉祥寺《きちじょうじ》の間にあるその公園は、都会とは思えないほど、鬱蒼《うっそう》と樹木が繁り、空気が澄みわたっていた。

法師蟬《ほうしぜみ》の鳴き声に混じって、秋の虫たちが、善福寺池の水面に沁《し》み入るように鳴いている。

公園の奥、欅《けやき》の葉がおおっているベンチにすわって、水野は女の声を聴いていた。

「最初の相手に、おまえは不感症だなって、言われたの……」

女はひっそりと、細い煙草を喫いつけながら、つぶやいた。

「二番目と三番目にもそう言われ、それからというもの、誰とも恋愛していないわ……」

水野は、残光を葉に受けて、楚々《そそ》とした花弁をひらいている蓮の花を見つめていた。

なぜ、この女は、私のような中年男を相手にしているのだろう？

それが、水野には、どうしても解けない疑問だった。

女の年齢は、二十五、六くらいか。五十五歳の私とは、おそらく三十歳近く、年の差が離れているに違いない。さして経済力があるようには見えない、客観的には、なんら取り柄のない私のような者に、なぜ、この女はつきあっているのだろう？……。

やがて、残光も消え失せ、薄闇があたりをおおい始めた。法師蟬も、息絶えたように、沈黙してしまった。

その時、女がつぶやいた。

「私の部屋は、ここから十五分ほど歩いたところにあるの……」

水野は、女の顔を見つめた。薄闇に浮かんだほの白いおもざしで、女は水野を見返した。

「行っても、いいのかい」

水野の言葉に、女は黙ってうなずいた。

・

女の部屋は、善福寺公園から北へ、十数分歩いたところにあった。

雑木林の中に立つ二階建てマンションの二階の角、簡素な二十平米《へいべい》ほどのワン・ルームだった。

若い女性らしい華やいだ雰囲気はなく、窓際に白いベッドがあり、白いテーブルの上には、ノート・パソコンが銀色の光を放っていた。

本棚には、福永武彦《ふくながたけひこ》の小説と立原道造《たちはらみちぞう》の詩集が並んでいる。

女は、パソコンに、加古隆《かこたかし》のCD〝静かな時間〟をかけた。物思いに誘うような、静謐《せいひつ》なピアノの調べが流れる中で、女は黙って服を脱ぎ、ベッドに横たわった。

水野は、あらためて、女の軀を見つめた。肌は白く、静脈がうすく透けて見える円い乳房の下、心臓のあたりに、なにかの徴《しる》しのように、黒子《ほくろ》がふたつ点じている。

双子の星のようだ……。

水野はそう思いながら、女に背を向け、服を脱いでいった。ここに来る前に、奮発して買った高価な石鹼を塗りたくって、念入りにシャワーを浴びてきたから、あらためて軀を洗う必要はなかった。トランクスを脱ぐと、水野は振り返った。

女は、眼を閉じたきり、両腕を伸ばし、身を投げ出している。

こんなことが、ほんとうにあってもいいのだろうか。ふいに、水野は思った。

女の部屋にかかっている鏡に、ちらりと眼をやると、そこには五十五歳の自分が映っていた。かつては筋肉質を誇っていたのに、そこに映っているのは、胸も下腹もたるんだ、年齢相応の体型の姿だった。学生時代は長く伸ばしていた黒々とした髪も、いまは白髪の方が多く、後頭部のあたりは髪の分量がわびしくなっている。顔には苦渋の皺が深い。

なぜ、こんな私を相手にしているのだろう？

浮かんでくる疑問を、水野は、考えまいと決めた。考えてもわからないことだ。それよりも、いまは、この情事に気持ちを集中させることだ……。

水野は、女の太腿をひらかせ、陰毛が群がり生えている恥丘とその下で半びらきになっている薔薇色の女陰を見つめた。一心不乱に愛すること。全身全霊をこめて、愛すること。

女陰に舌を伸ばしていきながら、呪文をとなえた。

愛している。愛している。愛している……。

もしも女が不感症であるのなら、その凍りついた心を溶かすために、自分は呪文をとなえ、永遠に舌でなめつづけてもいい。

「あ……」

その時、女がかすかに声を洩らした。ひとさし指を挿入すると、膣は濡れ、さざ波立つように、震えている。水野は女におおいかぶさり、亀頭を、そうっと、女陰に差し入れた。驚いたことに、女が水野の背中に腕をまわしてきた。女の腕に力がこもり、その女陰が、水野の亀頭を強く締めつけた。

「君の膣は、素晴らしい」

水野はささやいた。女は呻《うめ》いた。水野は少しずつ、潤んだ膣内に、男根を差し入れていった。耳もとで、呪文をささやきつづけながら。

「愛している。愛している。愛している……」

女は、水野の軀の下で、ゆるやかに全身を波打たせはじめた。女の軀がうねるたび、男根が柔らかく締めつけられる快感に、耽溺《たんでき》しそうになる自分を、水野はいましめた。

まだ、射精してはならない。彼女がオルガスムスを迎えていない時に、まだ射精をしてはならない。水野は、果てるのをけんめいにこらえ、ささやいた。

「愛している。素晴らしい膣を持つ君を、愛している……」

「ああ」

女の軀が、法悦《ほうえつ》を迎えたように、激しく痙攣《けいれん》した。オルガスムスの声をあげるのと同時に、水野は、女陰から男根を引き抜いた。

「愛している。愛している」

女の軀を抱き締め、その腹の上で射精しながら、水野は一心不乱にささやいたのだった。

4

秋も終わりに近づいていた。

遠赤外線のストーヴが暖炉のような明るさで、部屋を照らしている中で、水野は、志帆《しほ》と交わっていた。

朽木《くちき》志帆《しほ》。それが、女の名前だった。二十四歳で離婚し、いまは青山にある無印商品の店で働いていた。

二人は街で逢うことはなかった。いつも、土曜日の夕暮れに、善福寺公園で逢い、吉祥寺南にある志帆の部屋に歩いて行った。

夕餉《ゆうげ》をともにすることもなく、二人は、加古隆の〝静かな時間〟を聴きながら、ただひたすら交わりつづけた。

愁《うれ》いをおびたピアノの調べが、部屋を漂い、二人の軀に沁みとおってくる、静かな時間。それは、水野にとって、この世とは異なる、別世界を流れる別時間のように思われた。

生まれ落ちると同時に、絶えずハッパをかけられ、時間と競争するように勉強させられ、能力を他人と比較されつづけた世代。子供の時には、偏差値と受験戦争に苦しめられ、二十一世紀になってもなお、〝勝ち組〟と〝負け組〟に峻別《しゅんべつ》され、〝負け組〟は冷酷に切り捨てられていく呪われた世代。

戦後復興と高度経済成長とバブルの時代を駆け抜けたあと、未曽有《みぞう》の不景気の中に、迷子のように、裸で放りだされた世代。

そうした団塊の世代に属する水野邦夫は、自分の人生で、生まれて初めて、時間がゆったりと心地よく流れていくのを、志帆との交わりの中で、味わっていた。

〝癒《いや》し〟という言葉が、水野は嫌いだった。その耳障りな言葉には、向こうからほどこしを受けているような、偽善の匂いがしてならなかった。だが、志帆と過ごす時間は、半世紀にわたって痛めつけられた水野の心と神経を、まさしく〝癒し〟てくれるものだった。

スロウ・ライフ。スロウ・セックス……。水野は、志帆との交わりを、そのように捉えていた。

慌ただしく、息せききって、五十五年走りつづけてきた自分が、〝負け組〟に追いやられ、人生に失望しきっていた時、朽木志帆との〝静かな時間〟が始まったのだ。

「愛している」

水野は、志帆の全身を、舌で愛撫していきながら、ささやきつづけた。それはもはや呪文ではなかった。心からの、真率《しんそつ》な言葉だった。水野の全人生を捧げて、ささやく言葉だった。

「愛している」

全身を愛撫したあとは、女陰を集中的になめつづけた。かつて不感症と男たちにけなされた志帆は、いまや、敏感きわまりない、すぐれて官能的な軀に変貌していた。

「志帆、愛しているよ」

花芽を愛撫しつつ、女陰をなめていると、志帆は幾度も、幾度も、オルガスムスを迎えるのだった。

一時間ほどかけたその儀式が終わると、水野は、柔らかく息づく志帆の女陰に、男根を差し入れるのだった。

以前は一ミリずつ、差し入れしていたのを、いまはさらにゆっくりと、十分の一ミリずつ、挿入するのだ。かすかに、ほんとうにかすかに。膣襞の繊細な感応を味わい尽くすように、少しずつ、ほんとうに少しずつ、差し入れていく。

入れたら、止める。抱き合って、互いの性器がどのように交わっているのかを、確認しあう。そして、また入れる。止める。抱き合う。

それは、永遠にくりかえされる潮の満ち引きにも似ていた。

男と女の愛し合うそのリズムは、まさしく、豊饒《ほうじよう》なる生命をはらんだ海が優しく揺籃《ようらん》して、波を生む、そのリズムと呼応しているのだ。

「愛している」

水野は、志帆の耳朶をなめつつ、ささやくのだった。

「志帆の素晴らしい膣を、愛しているよ……」

はてしなくつづけられるその交わりの中で、水野は、〝癒し〟と同時に〝自己解放〟

という感覚を味わっていた。

生まれ落ちてから、さまざまに彼を苦しめてきた鎖や軛《くびき》、それらが、志帆との〝静かな時間〟を濾過《ろか》することで、ほどけていくのだ。

世界は、静けさと、優しさと、悦楽にみちている。

志帆の女陰の中で、十分の一ミリずつ、男根を動かしていくその交わりの時間、水野はその思いに、至福を覚えるのだった。

十分の一ミリ、挿入する。止める。抱き合う。また十分の一ミリ差し入れる。静止する。抱擁する……。男根が、膣の奥に到達すると、今度は、十分の一ミリずつ、引き抜き、止め、抱き合うのだ。

こうして、果てしなく遠くから、果てしなく遠くへと、官能の翼をはばたかせ、疲れると、翼をたたんで、休息するのだ。

その時は、男根を完全に抜いて、互いに横になり、そうっといたわりあうように、ゆるやかに抱擁するのだ。

「愛している」

そう、ささやきながら、乳房や、髪の毛、花芽を愛撫する。この〝スロウ・セックス〟のやり方は、志帆を相手にしていて、いつのまにか自然に、水野が体得したものだった。

この〝静かな関係〟が、はたしていつまでつづくのか。それは水野にはわからなかった。

ある日、志帆が水野に別れを言い渡すかもしれない。五十五歳の水野と二十六歳の志帆とは、いまは辛うじて釣り合っていても、いつ愛の均衡《きんこう》が破れるかもしれない。

その時が来たなら、どうしよう。志帆と交わりながら、水野はそうなった時のことを、時折思い浮かべては、心中こうつぶやいて、波立ちそうになる気持ちを鎮めるのだった。

いまこの時、志帆を、全身全霊をこめて、愛するのだ。一心不乱に、愛するのだ……。

Ecstasy

『年上ハンター』

菅野温子

1

剥《む》きだしの腕に、ねちっこく汗ばんだ感触がまつわりついてくる。仕事帰りの不快な疲れを掻《か》きたてるように、執拗《しつよう》に付きまとってくる暑苦しい何かが……。

電車の揺れのなかでまどろんでいた椎名美矢《しいなみや》は、思わず目を開けた。肩と肘の中ほどで続いていた動きが、微妙に位置をずらしつつ、胸の近くまで迫ってきていた。

ん、もしかしたら痴漢《ちかん》!?……。

うたた寝をしていたのをいいことに、隣に座った男に触られているようだ。ノースリーブのトップからはみ出した腕の、たっぷり脂肪のついたところをまさぐっていた指が、限りなく怪しいニュアンスとともに、乳房の付け根に接近しだしていた。

スケベオヤジだったら肘鉄《ひじてつ》を食らわせてやろうと横目で窺《うかが》うと、指の主は意外にも、かなり若い男の子だった。ルックスだって悪くない。相手の雰囲気がわかると同時に、もう少し様子を窺ってやれ、という悪戯《いたずら》っぽい気持ちが、心のなかに芽生《めば》えた。

電機メーカーの営業職をしている美矢は、三十四歳。希望の仕事を求めて何度か転職してきたけれど、この頃では「もう、年貢《ねんぐ》の納め時かな」と思うことも増えていた。一人暮らしをして五年になるが、親からは結婚を急かさ《せ》れるばかりだ。

まったくムシャクシャする。結婚するなら、せめて玉の輿《こし》に乗りたいと思っていたのに、二年前に妻子ある男との不倫に陥った。この冬にやっと別れたものの、いまだに余波を引きずっている始末だ。

二十歳そこそこだろうか？　華奢《きやしや》な指先が、幼いタッチで乳房の膨《ふく》らみをまさぐりだしていた。夜九時台の電車は相変わらず混んでおり、ふたりの前にも吊《つ》り革に摑《つか》まっている人がいる。それでも彼は、腕組みをした左肘の後ろ側から、右手指を密かに美矢のほうに伸ばしていた。周囲にわからないようにして、右腕の後ろから乳房を触ってくる。

ふーん、なかなか手慣れているのね……常習かもしれないな……。

膝上五センチの白いスカートは、座席に座ったせいで、ずり上がっていた。ストッキングに包まれた太腿が、十五センチくらいはみ出している。拒否されないのをいいことに、男の子は綿パンの脚をどんどん密着させてきた。ふたりの間に、熱気が滞《とどこお》る。

そう言えば、ずっとセックスしていない。正月に、不倫相手の赤坂《あかさか》が家庭サービスに努めているのに腹を立てて、ついにぶち切れた。あれ以来、仕事に打ち込んだといえば聞こえはいいけれど、感情が破裂したままなのだ。フラストレーションは、相当溜《た》まっている。

若い痴漢の汗ばんだ指を追いはらうでもなく、美矢はそんなことを思った。熱っぽい指は次第に大胆になり、ブラジャーのカップにガードされた肉の隆起を擦《こす》りだしていた。おやおや、やり過ぎじゃないの、と身を引いたものの、母を求める幼児のように迫ってくる。

降車駅が次に迫っているのに気づき、美矢は自分の世界に専念している彼を睨《にら》んだ。

「ちょっと、ごめんなさい」

折しもホームに滑りこんだ電車が止まり、一番近いドアから何人かが降りていく。人を掻《か》きわけて外へ出たとき、例の痴漢も一緒に電車から降りたのが見えた。

「よかったら、どこかで話していきません?」

すばやく近づいた男の子に、大胆にも後ろから声をかけられた。美矢は急ぎ足で階段を下り、改札をすり抜けた。彼はしつこく、後を付いてくる。

「ねぇ、付いてこないでよ」

「だって、僕んちも、こっちなんだもん」

本当か嘘かわからないが、そう言って肩を並べてきた。なかなかおしゃれな格好だし、見た目はこざっぱりしている。しばらく歩くうち、美矢は次第に、年若い彼氏と連れだっているような、華やいだ気分になってきた。振りきれないまま、とうとう住まいであるコーポのそばまで来てしまう。

通りすぎて撒《ま》こうか、という思案が顔に出たのか、彼は「あそこのマンション？」とか「ここのアパート？」などと、めぼしい建物に探りを入れてきた。

「喉が渇いちゃったから、水を一杯飲ませてほしいだけだよ」

痴漢だった男は、切れ長の目を妖《あや》しくしばたいた。電灯に照らされた顔は、目の縁が薄赤く染まり、異様にセクシーだ。

「わかったわ。じゃあ、ちょっとだけね」

美矢は正体不明の誘惑に引きこまれるように、彼を自宅へ導いた。

一人暮らしの1DKにチェックの視線を走らせてから、名前も知らない男の子は、食卓とセットになっている椅子に、ちょこんと腰かけた。

「水でいいの？　ビールもあるけど」

「要《い》らないよ、そんなの……」

ぶっきらぼうな返事が返ってきた。怖い奴を部屋に入れてしまったのかもしれない。グラスを出そうとしていた手を止めて、美矢は彼のほうに振り向いた。

目が据わっている。何かのエナジーに取りつかれたみたいに、細身の体がブルブル震えている。

「もうっ！　脱いじゃおうかなっ」

そう叫ぶと、彼はサッカー地シャツの前ジッパーを、勢いよく引きおろした。首に掛けたシルバーアクセサリーに続いて、まだ少年の香を残している胸が現われる。

若者の魔物ぶりに驚嘆し、心臓が早鐘を打ちだした。いつもなら、お茶でも飲みながら、テレビのニュースを見ている時間帯だ。なのに、部屋の雰囲気は様変わりしてしまった。滑《なめ》らかな裸の胸が、美矢を誘うように露出していた。

2

痴漢だった男の子は椅子の背に凭《もた》れかかり、両腕を脇に垂らしている。美矢は思わず一歩、二歩と、彼に近づいた。目を瞑《つむ》って、陶酔《とうすい》したような顔を仰向けている。

きれい……。

好みのタイプに入っていることを確認するとともに、その魔力めいたオーラに惹きつけられた。やや弾んだ息を吐いている半裸身を見つめるうち、練りあがったばかりという風情の肉体に、触れたくなってしまう。

美矢は魔法に取りこまれたように、指をまっすぐ乳首に伸ばしていった。小さく扁《へん》平《ぺい》な突起の感触を楽しみつつ、爪の先で何度か引っかいてやる。

「アアッ、アッ！」

ビクンッと上体を跳ねあげて、彼は大仰な反応を見せた。美矢が行動に出たことによって、明らかに激しく興奮しているのがわかる。

主導権を握ったつもりになってしまえば、性的な好奇心が恐怖感を打ち負かした。

痴漢したあげく人の部屋に乗りこんで、自分で服を脱ぐなんて。この子いったい、どうなっているんだろう？　上擦った顔を倒錯的に振って喘《あえ》ぐアポロンの首筋を、唇で吸いあげながら、なおも指先で乳首をいたぶる。

「アッ、ハアアッ！」

素性も知らない男の子と、いきなり、こんなことをしている！　ストレスのせいなのか、運命の巡り合わせなのかは、皆目わからなかった。ただ、自宅と会社を往復する毎日に、見たことのない穴がぽっかりと開いてしまった。そして、蟻地獄さながらそのなかに、どんどん引きずりこまれていくようだ。

「アアッ、もう、全部脱いじゃうよ！」

全身を震わせて声を絞りだし、彼は勢いよく立ちあがった。下半身にぴっちり沿った綿パンの前ボタンを外し、止める間もなくジッパーを引きおろす。

アッと思ったときには、全裸になっていた。美矢のすぐそばに、びっくりするほど勃起したものが突きつけられた。

不倫相手だった赤坂のものとは違って、「出来立て！」という色艶をしていた。形だって均整がとれているし、何よりも勢いがある。みずみずしい亀頭が一面、先走りの液で濡れていた。ここまで興奮していたんだ、と思い、美矢はスリムな体付きの割には太い肉棒に、右手指をしっかり絡めつけた。

「こんなに大きくして、どうしたの？」

「大きくなっちゃったんだ……アアッ、そんなふうにされたら感じるっ！」

肉棒の先端に唇を寄せ、熱い舌先で濡れた表面をまさぐる。名前すら知らない男の子が、彫像のごとき裸身をさらけ出して喘いでいる。感極まっているのを感じれば、大きく張《みなぎ》った亀頭部を、口のなかに呑《の》みこまずにはいられない。

「アアッ、アーッ！」

とたんに大騒動となった裸体の、尻の割れ目に、左手を食いこませた。硬い感触のヒップを、ムグッとばかりに摑む。

見慣れたキッチンの眺めが捻《ねじ》れていくのを感じながら、舌で亀頭をねぶり、ピンと張りつめた肉茎を、指でしごきたてる。口の肉全体で吸いついては首を振り、亀頭のエラをジュブッ、ジュブッと、ねっとりした舌でこね回す。

「ああっ、すごいのね……」

唇を離した瞬間、思わず本音が漏れていた。今度は顔を傾けて、唇を肉茎に這わせだす。濡れた舌先で、精巧に縒《よ》りあわさった裏筋を、ダイナミックに舐《な》めあげていく。

美矢は、紅潮した顔で喘いでいる若者を、うっとり見上げた。唾液にぬめったペニスを、指でツンと突つく。

「これが治らないと、帰らないよね？」

「うん……」

元痴漢の彼は、思う壺にはまった、というように頷いた。

通勤用の大型バッグから化粧ポーチを取りだし、携帯しているコンドームを、彼に向かって投げる。慌てて受けとめて、男の子は指示を待つ顔つきになった。

「じゃあ、そっちの部屋へ行って」

シングルベッドとわずかばかりの家具に占領されている奥の間を示し、美矢はニコッと笑ってみせた。

見知らぬ男とふたりになるのが怖いのは、刃物で切りきざまれたり、力ずくでレイプされる恐れがあるからだ。でも、この子は自ら裸になるという爆弾こそぶつけてきたけれど、暴力を振るおうという気配は感じられない。

アポロンの化身になり、ペニスを女に委《ゆだ》ねることが、彼の欲望であり、目的ならば、それは美矢にとってもまんざら悪くないだろう。差しだされるまま勃起に指を絡め、口唇愛を振るまってしまった今となっては、若い力を溜めて漲っている肉棒を、性器でも味わいたくなっていた。

素直にコンドームを装着した彼は、シーツの上に横たわった。若鹿のような裸身をさらけ出し、アピールするようにセクシーな表情になる。

自分は服を着たままであることに、美矢はようやく気づいた。脱がしてもらえそうにないと感じて、スカートのホックを外す。白い布地が床に落ちるとともに、ストッキングを脱ぎ、ノースリーブのトップを頭上に抜きさった。シルキーなグレイのブラジャーとミントグリーンのハイレグパンティのみになって、名前も知らない若者の上に、体を重ねていく。

「ふふっ、いつもこんなこと、しているの？」

のぼせて紅潮しているから、きれいに見えるのか？　彼の容姿に惹《ひ》きこまれながら、うっすら開いた瞳を覗きこんだ。吐息が熱く、乱れている。目つきはますます妖しく、蠱惑《こわく》的になっている。

「はああっ、可愛がって……僕を可愛がって」

「ふーん、あなたって、新しいタイプの男なのね」

3

こんなきれいな男の子が付いてくるなんて、めったやたらに起きるものではない。OL生活の憂《う》さを晴らす絶好のチャンスだ。

ベッドに横たわった若者の上で、美矢は上体を起こした。うっとりしている顔を右脚で跨《また》ぎ、パンティの股布がぴっちり張りついた秘部を、喘いでいる口元に近づける。先ほどのフェラチオだけで濡れてしまっているであろう女の部分を、衝動的に彼の唇に押しつけた。

じきに繊細なタッチの舌先が、股布越しに秘肉を刺激してきた。

「あっ、はあっ……」

思わず喘ぎを漏らすと、パンティの布地を押しのけて、ぬめった粘膜をじかに舐めまわしだす。すごく年下の男の子に、そんなふうにされている。体じゅうの皮膚がザワザワッとざわめき、どうにもたまらなくなった。

「パンティ、脱がせて」

「は、はい」

拙《つたな》い指がパンティの両サイドを引きおろすのに任せ、自らブラジャーを外す。転がりでた乳房に視線が張りつくのを感じつつ、股間をずらす。濡れた秘肉を引きしまった腹部に擦りつけながら、おいしそうに勃起した肉棒の真上に運んでくる。

欲情した陰部をペニスに宛《あて》がうと、もう待てなかった。はちきれんばかりに漲った亀頭部を、秘孔がヌルッと咥えこむ。

「ああっ！」

美矢は我を忘れて、高い声を張りあげた。そのまま体の重みをかけて、腰を沈めていく。この世のものか定かならぬ男根を、膣いっぱいに埋めたてる。

「ふううっ、はああっ！……」

鋼鉄ほどにも硬いペニスに驚き、秘孔がキューッと締まりあがった。アポロンの彫像のような男の子の胴体と、性器で繋がっている。その図に感極まり、無我夢中で腰を上下させはじめる。ペニスの主が興奮したまなざしで、大きく揺れる乳房や腰を盗み見ている。

「あぁっ、いっ、いくぅっ！」

こんなときにも、不倫セックスの習性が出てしまうんだから、厭になる。これは、赤坂に仕込まれた癖だった。秘孔の波打ちに追いたてられるとともに、「いく」と叫ばずにはいられない。膣壁がのたうち、衝撃が脳髄まで波及する。ワラワラとほどける快感に、背骨が弓なりになってのけぞる。

男の子も懸命に、腰を突きあげだしていた。酔ったような目をして、フィニッシュへ向かう。ほどなく、「アアッ！」と大きく叫んで、多量のザーメンを発射した。

近藤裕也《こんどうゆうや》、と服を着ながら彼は、自分の名を告げた。そう、あたしは椎名美矢、美しいに弓矢の矢と書くの。美矢もようやく、名を教える。二十一歳のフリーター、という彼に、年齢は笑ってごまかした。「お姉さん」と呼ばれても、十三歳年上だと、その呼び名が当てはまるかどうかわからない。

どうせ一回こっきりなんだろう、と思っていたのに、裕也はときどき美矢の部屋を訪れるようになった。話してみると、映画関係の仕事をしたいという希望を持っている。フリーターとはいっても、目的意識がないわけではない。それで美矢もついつい、若い性欲の捌《は》け口になってしまうのだった。

彼には、女を感じさせようとする態度は皆無だった。自分が一方的に悦ばされることを、エゴイスティックなまでに望んでいた。これまでの男たちは、皆一様に美矢の肉体を愛《め》で、性感を掻きたてることを重視していたというのに。

女に愛でられようとする努力の表われなのか、たいてい、ぴっちりと股間に張りつくブリーフを穿いていた。ズボンを脱がせるとともに、はちきれそうな勃起のかたちがブリーフに浮きあがっているのが見え、それに目を奪われる。

美矢はまんまと策略にはまり、日々をイケメン裕也の幻影に囚《とら》われて過ごすようになった。だから、実際に本人が夜遅くドアチャイムを鳴らして現われると、それが現実なのか自分の妄想なのかわからないうちに、そそり立ったペニスをしゃぶらされているのだった。

「おいしい？　ねぇ、おいしい？」

ベッドに腰掛けて、股間を年上女に委ねながら、裕也が執拗に問いかける。

「うんうん、おいしい……うぐぐ」

こちらが先導しなければ女性器に手を伸ばしてくることもないのだが、見事に屹立したペニスは、それだけで目の肥やしだった。触れたり舐めたりすれば、たちどころにホルモンが湧きたつような気になってしまう。腹部だってスリムに引きしまり、だらしなく膨れたオジサンのお腹とはわけが違うのだ。

美矢が自分の虜《とりこ》になっているのを確信したのか、裕也はさらに際どいことを求めるようになった。脅し文句のように、こう口走る。

「僕、セックスすると、すぐに飽きちゃうの」

そう言えば、「同じ年頃の女の子とは、付きあわないの？」と尋ねたときにも、「付きあったこともあるけど、すぐ飽きちゃったんだ」と答えていた。

飽きられるのを恐れたといえばそれまでだが、三十女の美矢としては、持てる技をすべて投入して、彼を繋《つな》ぎとめるしかなかった。肉茎を吸いたて、舐めしゃぶる。その延長として、睾丸を口に含んで転がすはおろか、蟻の門渡《とわた》りからアヌスにまで、勇敢に舌を進めていった。

二十一歳の若さゆえか、それとも彼の持っている小奇麗さなのか、肉体の陰部までが、やたらに魅力的に見えた。キュッと締まりあがったアヌスの中央に、中指を埋めてみる。

「アッ、アアッ！」

上体をベッドに倒して、裕也は切迫した声をあげた。脛毛の少ない二本の脚を高々と上げて、肛門の一帯を大きく剝きだす。

「アアッ、俺がよがっているのを見るのが、好きなんだろ？」

叫ぶように切なげな問いを投げかけて、美矢をさらに狂おしくする。

4

半ば色呆けに陥りながら、お決まりの仕事をこなし、夜になると「あの子は来ないかな？」と思って過ごす。裕也は狡猾《こうかつ》で、女が自分に惹きつけられている、と感じたときから、決して多くを与えなかった。携帯の番号だって教えてくれないから、美矢はいつも彼がふいに現われるのを待つしかない。

裕也の増大していく欲望は、止《とど》めを知らなかった。深夜、眠りにつきかけていた美矢は、忙《せわ》しなく鳴るドアチャイムに起こされた。時計を見ると、午前一時を回っている。

「僕だよ、入れて」

ボディラインに張りつくミニ丈のスリップドレスを、急いで頭から被り、ドアを開けた。眠かったし、翌日の仕事も気になる。それでも、このわがままで美しいアポロンに対しては、断る言葉を持たなかった。

電車のなかで痴漢してきた日と同様、裕也はかなり危うげだった。性衝動が抑えられないときがあるようだとは感じていたけれど、部屋に入るなり、強《こわ》ばりを美矢の太腿に擦りつけてきた。

「ねぇ、もっといやらしいことして……お姉さんにすごくエッチなこと、されたいんだ」

切羽詰まった様子で、光沢のあるプリントシャツの胸をはだける。アヌスまで責められることで、このところは一応満足していたのだが、どうやら美矢から極限まで引きだそうとしているものらしい。

「商売女じゃないんだから、あなたのご要望に、そう簡単には応えられないわよ。料金でも払うんなら、もっと一生懸命尽《つ》くすけど」

眠さもあって、美矢は彼の厄介《やっかい》な要求に応えるのが面倒くさくなっていた。深夜に叩き起こされて、究極のプレイを所望されるとは！

寝ぼけた眼でズボンを下ろすと、ショキングピンクのビキニブリーフから、勃起の先端がはみ出している。その様子を見るなり、感覚がヒートしてしまった。

「こんなんじゃ、役に立ってないじゃない」

「いいんだよ、これが」

開きなおるように、裕也は言った。

「そうかしら？」

とっさに思いついて、ＧＡＰのバーゲンで買ったばかりのミニスカートを、穿かせてみることにする。カーキ色のコットン素材なのだが、ローウエストだから彼の腰回りにも入るはずだった。

「はあぁ……」

煽情的な表情になった裕也を、鏡の前に連れていく。ミニスカートの前を捲《まく》り、ブリーフから露出した肉の尖塔を見せている。

「ふうう、僕、似合ってると思わない？　女の人の脚より、きれいだよね？」

彼はうっとりした目で、鏡のなかの自分に見惚れている。

なんというナルシスト、と呆れたものの、今の美矢はこの変態男を満足させるためにのみあった。すんなりした脚の前に跪《ひざまず》き、ブリーフをさらにずり下げた。張った肉茎を左手でしごきながら、引きしまった陰嚢をゆるゆると舐めだす。唾液をたっぷり、なすりつけるようにしてやる。

「あっ、ああっ……」

卑猥に喘ぎだす裕也を愛撫していると、まるで若い女を満足させるためにハッスルする中年男にでもなったようだ。でも、鏡のなかの自分を見つめて陶酔している男を、充分に満たすシナリオは、いったいどこにあるんだろう？

せっかくだからとスリップドレスを脱いで、紫色のTバック一枚になった。この子が女の肉体を、自分を引きたてるツマ程度にしか思っていないのは間違いない。それでも、美矢には美矢の願望というものがある。

「お望みどおり、いやらしくしてあげるわ」

なまめかしく笑って彼の背後に回り、プリントシャツのボタンを一つ残らず外した。裸の胸をまさぐりながら、シャツを脱がせていく。鏡のなかで妖しく輝いている目を見つめ、硬質の肩を噛む。弾力たっぷりの乳房を、背中に繰りかえし擦りつけた。

「さあ、お尻を突きだしてごらん」

「はあぁっ」

四つん這いになった裕也の後ろに屈みこみ、美矢は尻の割れめを覗きこんだ。恥穴が期待でヒクついているのを眺めながら、右中指の腹を宛がう。

「アッ!」

際どく叫ぶ声を聞くと、別の世界へ滑りこんだような気になる。鏡に映ったふたりの姿は倒錯的で、とてもこの世のものとは思えない。

しばらく指先でアヌスをいたぶってから、再びそそり立ちを握りしめた。尻の溝に完全に剝きだしている排泄《はいせつ》器官を口で塞ぎ、じっくり吸いたてる。

「アアッ、ハアッ……」

その瞬間、手のなかの肉棒が、いっそう漲った。手応えを感じながら軽くしごき、濡れた舌で堅い窄《すぼ》まりを舐めまわす。

「アアッ、僕、お尻の穴を舐められるの、慣れたよ」

人の苦労など何とも思わない調子で、裕也が声をあげた。

「ああっ、まだ、入れちゃダメだよ！……もっといやらしくして」

ベットに仰向けに横たわった裕也が、声をあげた。

Tバックのストリング脇から、勃起を秘孔に塡めようとしていた美矢は、思わず動きを止めて、彼の顔を見た。

「今夜は、僕が満足するまで入れさせてあげないからね……それまでは、お預けだよ」

冷たく宣言されれば、「エエ、そんなぁ！」と悲鳴をあげてしまう。美矢は型取りしたいようなペニスを、恨めしく見やった。自分の持ち駒は、すでに出つくした感がある。この上、どんなことをすれば、この放蕩男が悦ぶのか、正直言ってわからなかった。

「もう、プロの女の人のところへ行っちゃおうかなっ！」

苛立った言葉を投げつけられ、せめて発情した秘肉を満たそうと、下腹部をヘコヘコと前後に動かす。こんな気違い沙汰に、きれいさっぱり終止符を打てない自らの愚かさを、つくづく持て余していた。美矢はなすすべもなく、強情な若者の砲身を、ぬめった秘裂で擦りたてるしかなかった。

始まりと同じく、終わりも突然訪れた。すべては真夏の夜の夢であったように、秋風が吹きだしてから、裕也がやってくることはなくなった。

今頃、どこでどうしているのだろう？　再び、あの子が自分の前に現われることはあるのだろうか？

それからというもの、通勤電車に乗るときにも、駅のあたりを歩くときにも、夢幻のような彼の姿を求めて、周囲に目を走らせてしまう習性が、美矢のものとなった。

Ecstasy

『乙姫様《おとひめさま》』

浅暮三文

1

海中で女の乳房が波打っていた。男の目の前の乳房は火照《ほて》ったような朱色で、暗黒の海の中でも、その様子をとらえることができた。

まるで薄赤いクラゲがふたつ、海に漂っているようだ。乳房自体の浮力でぶわりと広がり、勝手に揺れている。

中心には口紅を塗ったような真っ赤な突起。小指の先ほどの乳首が、ぴんと尖《とが》っている。それは乳房の栓か、軟体生物の触角のように硬くきまじめな様子だ。

女の乳房は海中でもどかしく持ち上がり、たわみ、ずれる。女自身がその膨らみをもてあますような大きさ。

乳房は女の胸に勝手に生えている別種の生物のようにさえ思えた。

この胸は力を込めてつかめば、ゼリーのようにどこまでもへこんでいくだろう。指の隙間からあふれ出ようと変形するだろう。

男は朦朧《もうろう》とした意識で場にそぐわないことを考えた。男がいるのは夜の海だ。しかも外洋の。

その男の目の前に女がいるのだ。流れ、揺れる海水の中に。沈黙する夜の海に、女は当たり前のように全裸でいる。

全身は乳房と同様に火照ったような朱色。ちょうど酒に酔って体の奥からにじみ出たようなピンクに包まれている。

この女はどこからきたのか。自分の船に女はいなかった。あの時刻、同じ海域に他の船舶はない。俺は幻を見ているのか。これは死へ向かう前触れか。男は薄れる意識の中で、いぶかしんだ。夜の海に落ちて、すでに四時間ほどが経過していた。

ちょっとした好奇心が命取りだった。男は貨物航路の従業員で、久し振りの航海勤務にいた。船旅というのはつまらないものだ。仕事以外にすることはない。だから男は甲板《かんぱん》に出た。

眠くなるまで、ひやかしに波の隙間になにか見えないものかと、デッキの手すりから半身を乗り出したところだったのだ。

なぜそんなことをしたのか、気まぐれか、運命の導きか、今となっては分からない。とにかく一瞬の出来事だった。

船を揺らしたのは大した波ではなかった。

しかし男は不意をつかれた。足をつけていた甲板は予期せぬ動きを見せた。ふわりと浮遊感がしたと思ったときは体が手すりを越えていた。

どぼん。体が海に沈むと暗闇に包まれた。必死で海中から頭を出すと船のライトはずっと上だ。

男は波に揉まれながら、大声で叫んだ。おおい、おおい、ここだ。助けてくれ、海に落ちた。

しかし男が甲板に出ていたこと、船から落ちたことを知る者は誰もいない。仮に知っていたとしても、助かる見込みは薄い。

夜の外洋は恐ろしいほど暗い。人工の光が届く範囲は限られている。乗員が総出で明かりを照らしても、影を作る波頭にはばまれ、人影は捉《とら》えようがないのだ。そして潮が悪戯《いたずら》をする。船舶と落下者の位置を少しずつ歪《ゆが》める。手がかりは声だけ。船の上と下をつなぐのは、救いを求める声。

やがてその声が、か細くなり、ふっつりと消え、世界は元通りに沈黙する。それが海の怖さだ。

三十分もせずに男が乗っていた貨物船は闇の向こうに消えた。季節は夏。水はそれほど冷たくはない。しかし外洋の海は愚鈍《ぐどん》な生物のように力強かった。波は繰《く》り返し男を持ち上げ、放り出し、海底へ引きずり込もうとする。ざぶんと重たい水を頭へ落とし、呼吸とともに海水を気管に送り込む。

船は東南アジアの港を出て三日目だった。寄港先へ向かうにしても、出港先に戻るにしても人力では不可能な距離にある。

男はそれでも二時間、三時間と耐えていた。男のシャツとズボンは海草のように体に絡み付き徒《いたずら》に体力を消費させていく。

四時間が経過した頃から、四肢が痺《しび》れ始めた。

力が抜け、手足が水の中で空を切る。頭を上に出そうと試みても、腕も足も出鱈目《でたらめ》にしか動かない。男はずるずると海中に没していった。

最期を覚悟したとき、男は水に呑《の》まれながら、ただ叫んでいた。助けてくれ、このまま死にたくない。なんとかしてくれ。

叫びとともに鼻と口から、出鱈目に空気が出ていった。同時に海水が流れ込んできた。意識がふっと薄くなった。

そのときだったのだ。女が現れたのは。

最初はなにかが海中から聞こえた。

声のような、囁《ささや》きのようなもの。男は唄声を連想した。下へと沈みながら男が頭をひねった。暗黒の海中に、なにかが閃《ひらめ》いた。

うっすらとした赤い輝き。鈍く赤い反射はくねったかと思うと、海水を切って目の前に全貌を示した。それがこの女だったのだ。男は改めて目の前の女を見た。溺《おぼ》れていることも忘れていた。赤い細身の体躯は百七十センチ近くあるだろう。黒髪がしとねで乱れたように波打っている。

腕は植物の蔓《つる》のように頼りなく、踊るように動いている足は長くしなやか。そして華奢《きやしや》な体軀に不釣り合いなほどの乳房。

女は男に顔を寄せた。そして口元に笑みを浮かべた。彫りが深い顔立ちだった。しかし西洋的な面立ちではない。

濃く長いマツゲは小動物を思わせ、瞳はほとんどが黒い。アラビアンナイトに出てくるお姫様のようにエキゾチックな女だった。

再び唄声のようなものが男に聞こえた。助けて欲しい？　なら、私のいうことを聞く?

男はなにも考えられなかった。息が詰まり、もはや朦朧《もうろう》としていた。だから、ただうなずいた。そして意識が闇に呑まれた。

2

ゴツゴツとしたものが背を突いている。男は痛みに目覚めた。陽の光が目に飛び込んできた。目覚めたのは岩場だった。

助かった。それだけは即座に理解できた。男は半身を起こした。なぜか全裸だった。身につけていた衣類がなかった。

四方に目をやり、自分のいる場所を確かめる。海のまっただ中だ。男がいる全長数メートルの岩礁だけが海から突きだし、岩のベッドのようになっている。それ以外、目を凝《こ》らしても島影ひとつうかがえなかった。

なにがどうなったのか。貨物船から落ちて死を目前にしていた。そして意識が朦朧として――。

ぴちゃりと小さな音がして、男は背後を振り返った。

『起きた？　なんともない？』

女が海から頭を突きだしていた。現実だった。それは息が詰まる前に海中に現れた女だった。

『そこに雨水が溜まっているわ。喉が渇いているなら』

女が指さした岩の窪みに液体がたたえられている。男は這うようにそちらへ向かい、喉を潤《うるお》した。

『大丈夫みたいね』

女は両手で岩場をつかむと、ざぶりと海から全身をあげた。男の目に火照ったように朱に染まった肢体が飛び込んできた。

女の動作で、海中ではクラゲのようだった胸が、たぷんと音を立てて揺れた。乳房は女の胸部をいっぱいに覆い、反るように重く垂れている。細身の体に奇矯《ききよう》に思えるほどの膨らみだ。

女は岩場にあがると足場を選びながら近づいてきた。下腹部に淡い体毛が生えている。腰がひねられ、臀部《でんぶ》が見えた。しなやかな足とは対照的に豊満だ。

満月のように盛り上がる尻の肉。ふたつの半球が、もぞもぞと動き、ぷるぷると弾む。細い足がババロアでも支えているみたいだった。

『あんた日本人ね？』

女は問いかけながら微笑《ほほえ》んだ。なにか秘密めいた笑み。細い顔に小さな唇が弧を描いた。

そのとき男はやっと気が付いた。女は言葉を発していなかった。微笑む口元は動いていない。

しかし男には女の声が届いていた。それは音ではなく、異なるなにかで伝わってくる。テレパシーのように。

「君は誰なんだ？」

男の問いに女は初めて声を出した。高く澄んだ笑いだった。

『風邪をひくといけないから、濡れた服は脱がしたわ』

女は質問に答えず、岩場の陰の方を見た。そして男の目の前に腰を下ろした。

長い足を折り、膝を立てる。足はその長さのために、心持ち外に広げられている。

その付け根、太腿の奥に淡い体毛で縁取られた二筋の隆起がうかがえた。

『わたしたちはいろんな名前で呼ばれているの。例えば人魚とか』

「人魚だって？」

『あなたの国では乙姫《おとひめ》様と呼ばれていたはずだけど、要するに海の種族といえばいいかしら』

人魚、そして海の種族。目の前に座る女には魚めいた部位はどこもなかった。魅惑的な下肢を持ち、下腹部には恥毛と隆起。つまり人間と同様に女性器があることになる。少し奇異なところといえば、肌の色ぐらいか。

『いつも、こんなに赤いわけじゃないのよ。今は特別』

女は男の考えが読めるのか、そう答えた。女の視線がじっとペニスにそそがれているのに男は気が付いた。

『いつもはこの体は肌色なの。ただ今の時期は、理由があって赤く染まっているのよ』

女は男と向かい合うように座り直すと細い腕を伸ばした。

『今、わたしはあなたが必要な時期なの。だからあなたを助けてあげた。わたしのいうことを聞くって約束したから』

女はそういいながら、ためらわずに男のペニスを握ってきた。細く長い五本の指が絡まるようにペニスを包んだ。

男は突然の行動に、なにをどうすべきか判断できなかった。

「俺が必要？」

女はペニスを包んでいる指をゆるやかに動かした。絹を思わせる力ない細さ。もどかしいような刺激で男の性器がしごかれる。

『そう、結婚の季節なの。わたしたちは長い一生の内に数度、そういった時期を迎えるの』

男のペニスが静かに硬くなり始めた。女が手のひらをできるだけ広げて五本の指に力を込める。

けなげな握力で性器がつかまれ、刺激が伝わる。外皮が剝《む》け、粘膜質の先端が露出する。

「結婚？　俺を相手に？」

『そうよ。わたしたちは雌《めす》しかいない種族なの。だから子供を残すために人間の男を相手に選ぶの。そんな交わりがあるから私たちの伝説が人間の世界で伝えられているのでしょうね』

女はそういうと岩場に手を着き、頭を男の股間に潜り込ませた。濡れた長い髪が男の太腿に絡んだ。同時に男のペニスにぬるりとした感触が伝わった。すぼめられた唇の感触がペニスを覆った。窮屈な貼りつく刺激がペニスの先端を包み込む。

ちろりとなにかが性器の先を舐めた。ナメクジか、蛭《ひる》。盲目的な軟体生物に似た感触。女の舌が男の性器を与えられて、餌のように舐《な》め回してくる。それはペニスの先端から亀頭の表面、そして裏へ這《は》っていく。べったりと全身を密着させて、ペニスの味を確かめるように。

舌は外皮がめくれて皺を寄せている溝へと潜り込む。ぬるぬるとした感触が外皮の裏側へ、硬い芯と皮の隙間へ侵入しようと頭を潜り込ませてきた。

3

女の黒髪が遮《さえぎ》る股間。そこにむさぼるような刺激が始まった。柔らかく粘り着く刺激。窮屈に吸い付く軟体生物のような感触。

女は男のペニスをくわえている。そしてゆっくりとその粘着する感触をペニスの根本から先端、また根本へと移動させる。

粘膜質の吸引が深々と男のペニスを根本までくわえ込んだ。女は喉の奥まで男の性器を含んでいる。ペニスの先端が窮屈できつい刺激に包まれた。

『助けてあげたのだから、約束を守るのよ。わたしの相手になりなさい』

女はしゃべっていない。ペニスをしゃぶる女の口は男の股間でぺちゃぺちゃと音を立てている。男は頭に伝わる言葉にさからわなかった。

ここがどこか、どの辺りの海域なのか、どうやって助けを求めるのか、助かるまでどうやって生き抜くのか、なにも思い浮かばなかった。

なにか見込みが付くまで、この女、人魚という女の助けが必要だ。それに女は魅力的だった。

女はペニスを覆う唇を浅く深く動かしながら、徐々に速く呑み、吐きを繰り返し始めた。ゆっくりと硬くなっていくペニスに痺れと熱が生じ始めた。

『大丈夫みたいね。ちゃんと硬くなってきてるわ』

女は笑いを含んだ声で男の頭に言葉を伝えた。その笑いは喜びの色を帯び、語尾がかすれ、尾を引くように伸びる。

女の声を聞き、男のペニスは弾みを付けるように伸びた。根本から先端まで一本の針金で貫くようにまっすぐに勃起した。

女がしゃぶり続けていた唇をペニスから離した。浅い息を漏《も》らす。それは呼吸のようにも、女がこれからのことに期待をはせているようにも感じられた。

『海の中へ。岩場じゃ痛いから、さっきの方に』

女はそう伝えてくると股間から頭を抜いた。立ち上がり、男の腕を取る。さきほど女が海から頭を出していた場所は岩場が段になり、浅く海中に没していた。

女が先に入る。水位は腰辺りまでだ。岩段に立つと、女は手を伸ばし、眼前に突き出している男のペニスを握った。

愛《いと》おしげにさすり、指に包んで上下にしごき、口にくわえる。男のペニスはさらに硬くなった。痺れに似たうずきが性器の根本にしこりになってきた。

『さあ、海の中へ入ってきて。始めるのよ』

女は男の性器を引っ張った。男は岩段に下りた。ちゃぷりと水が鳴り、腰まで海につかる。

女は男を後ろへ押し、岩と男の間に体を滑り込ませた。そして男に背を向けた。上半身を折ると岩場に手を着く。

女の臀部が男のペニスに密着する。柔らかい水枕に似た感触が硬いペニスに伝わる。

ゴムよりもゆるやかで、ぶよぶよと水風船のようにとらえどころのない感触。ペニスが密着すると、そこだけが埋もれるように女の臀部は凹んだ。女はペニスが当たっているのを理解し、ゆっくりと臀部を揺すり、尻の肉とペニスを混ぜるかのように回す。

そしてゆっくりと両足が広げられた。股間が水中で開いたとき、男は女の臀部を両手でつかんでいた。本能的な行動だった。女が口から声を漏らした。

ぎぎっというくぐもった奇妙な調子だった。溜息というより喉の奥で息を詰めているような声。女はもぞもぞと腰をもじり、次の段階へと男をうながした。

男は狙いを定めるように女の開いた股間に視線をやった。海中に没した女の股間で細く薄い繊毛がひらひらとしている。

水の中に開いた体毛の花。その中心に真っ赤な肉が剝き出しになっていた。太腿の朱色にくらべて、口紅を塗ったのかと思うほど刺激的な赤さだった。

海中の亀裂は女の股間をナイフで裂いたようだ。繊毛に縁取られたその部分はふたつにめくれ、ゆっくりと呼吸するように律動し、その奥で肉が奇妙な渦を描くようにしぼんでいる。

『さあ、早く』

女は荒い調子で男の頭に伝えた。男はまっすぐ一本に硬直しているペニスを亀裂の中心、肉の渦に当てた。そしてそのままぐっと奥へと突っ込んだ。

渦を作る襞が押し広げられ、こらえきれずに侵入を許した。ぎぎっと女が呻《うめ》いた。

男のペニスはぴったりとした密着感に包まれた。飴が貼り付くような感触がペニス全体に吸い付いている。

男はできる限りペニスを肉の渦の奥へ埋めた。筋っぽさと柔らかい脂肪質と粘り着く粘膜の感触がひとまとめになって男のペニスを包み込んだ。

その刺激に触発され、男はペニスを動かし始めた。ゆっくりと肉の渦から抜き、再び差し込む。

ずるりと剝がれるような刺激が尾を引き、ぬたりと舐めあげるような刺激が迎え入れる。

男がそれを繰り返すたびに、女は喉を詰まらせ、呻きをあげ、腰をもどかしげに揺らす。

ペニスを差し込んだ肉の渦の内部で奇妙な反応が始まった。それは自律する襞の運動だった。密着した粘膜のわななきだった。

軟体生物が体内の餌を消化するように、ペニスを受け入れている女の性器は器官そのものが勝手に動いている。

強く締め付けてくる柔らかい肉。それは自らの力を精一杯使って、突き刺された異物を押しとどめようとしているようだった。

4

女の性器は矛盾する感触を発揮し始めた。窮屈で、柔らかく、粘り着きながら、しなやか。

男はペニスの出し入れを速めた。性器の根本にしこりができ、疼《うず》いている。それが熱を増し、なにかを排出しようと痺れ始める。

女の性器が音を立てるように締まる。ぎゅっと粘膜質がペニスを呑み込むように包む。まるでそこに手のひらがあるように、握り込まれるような締め付けが伝わった。

男は射精が近づいていることを理解した。女性器の強い締め付けと粘着感に絡め取られて、ペニスが腫《は》れるように硬化している。

うずきは痺れとなり、痺れが衝動となり、ペニスの根本は沸騰《ふっとう》したなにかを吐き出すまいと、こらえている。

男は女の性器を裂くように、刺すように、奥へ奥へとペニスを突っ込んだ。数度、激しくそれを続けた。

応じるように女の性器が限界までしぼみ、男のペニスを肉の奥でとどめようと絡み付く。

自らを刺激する物体をそこに秘めたまま閉じ込めようと力を絞って包み込む。

糸で縛られていたような閉塞感がペニスの根本で切れた。男は粘着質に密着されたまま肉の中に抑制感を解放した。

ペニスの根本から熱い痺れが先端に向かって走り、それが脈打つと体液が噴出する。

精液を内部に受けた女性器は、その噴出と同期するように粘着質を痙攣《けいれん》させた。女性器の内部でペニスに貼り付いていた襞がざわざわとめくれ、戻り、ひきつる。それは男の体液を器官の奥へ送り込もうとしているようだった。

数度、男はペニスを動かし、まだ硬さを維持しているそれをゆっくりと女の中から抜いた。

真っ赤な海中の亀裂が、脱力したように男の性器の形状で穴を作っている。

女はしばらく岩に手を着いていた。やがて虚脱感から立ち直るように曲げていた背を伸ばすと男の方を振り向いた。

笑ってはいない。エキゾチックな顔立ちの中に、ふたつの黒目ばかりの瞳は、瞳孔《どうこう》が開き、濡れたように焦点《しょうてん》がずれている。

女は男に腕を絡め、顔を寄せ、男の唇を吸ってきた。不意に魚臭《くさ》い匂いが男の口の中に漂った。

まだ硬かった男のペニスが途端に萎《な》えた。男は女が重ねてくる唇にしばらく耐え、おもむろに顔を引いた。

「服はあっちだったな?」

男は海中から岩場にあがった。そして服が干されている方に向かう。岩の陰にあった衣類は乾いていた。

男はそれを着込み始めた。背後でじゃりっと岩を踏む音がする。振り返ると女が立っていた。

『帰りたいの?』

女が男の頭に尋ねてきた。男は問いに答えずにシャツのボタンをとめていく。

『まだ分からないのよ。うまくいったかどうかは』

女は訴えるように続けた。

『すぐには子供ができたか分からない。人間の女と同様に。だからあなたは、しばらく私の相手をしなければいけないのよ』

男は頭の中に響く女の声に答えなかった。服を着終わると岩場に座り込んだ。そして目の前に立っている全裸の女を見上げた。

『ここから一人で抜け出せると思っているの? ここがどこかも知らないくせに』

男は黙ったままだった。女から視線を移すと海を見る。彼方までなにもない青い海原が続いている。遠くに水平線がまっすぐに霞《かす》んでいた。青く静かで、ただ沈黙だけが広がる世界。頭上には海鳥さえ飛んでいない。陸は遠いのだろう。

青ばかりの世界にぽつんと突き出ている岩場。世界はそれきりで、そこに男と女がいるだけ。

男は今、自分がいる世界を理解して、ため息をついた。海を見つめる男の目がどんよりと膜がかかったように濁《にご》った。

『あなたも駄目なのね』

女は男の前に立ちながらいった。そして続けた。

『分かったわ。ここにいたくないのなら帰してあげる。帰ればいいわ』

女が冷たくいった。その言葉が男の頭の中で大きく響いた。帰れ、元に。帰れ、元の世界に。

男の頭の中で女の言葉がぐるぐると回り始め、男は眩暈《めまい》に近い酩酊《めいてい》感を覚えた。

地の底に沈むように意識が遠くなり出した。視界が曇ると同時に頭がくらくらと揺れた。

と思うと全身を奇妙な浮遊感が包む。体が揺れていた。ぷわりぷわりと頼りないなにかに体を預けている。

視界が戻った。すると男の目に映る四方は真っ暗だった。暗黒の世界。その遠くにぼうっと霞む、かすかな明かりがある。

陸か。男が目を凝らした。それは遠のいていく船の明かりだった。男が乗っていた貨物船だ。

男は夜の海に戻っていた。真っ暗な海原で波に揉まれ、小高く持ち上げられ、下へと落ちる。

衣類が濡れ、四肢に絡み付き、動きを不自由にしている。

頭の上にざぶんと波が落ちてきた。思わず海水を飲み、男はむせ返った。

暗黒の海。沈黙の世界。男は叫んだ。おおい、おおい、ここだ。助けてくれ、海に落ちた。

しかし男の乗っていた貨物船は蝸牛《かたつむり》が進むように闇の向こうへゆっくりと消えていった。

男は海中に目を凝《こ》らした。だがいくら待っても朱色の女の姿は現れなかった。

Ecstasy

『琵琶行《びわのうた》』

藤水名子

1

（な……）

生暖かい粘膜に包まれた瞬間、呂情《ろせい》は痺れた。

（中が……）

それまで彼の肉棒に纏《まと》わりついていた漠然とした疼《うず》きが、そのときはっきりと快感に変わっていった。画然、女の顔を見上げる。

はじめて、女の身体の重みが、皮膚ごしに感じられた。女は呂情の体を跨《また》ぎ、ゆっくりと動きはじめる。

（気持ちいい）

あまりの心地よさに惑乱した。哮《たけ》ったものが、熱い肉の襞《ひだ》に埋め込まれてゆく、ただそれだけで、呂情は達してしまいそうだった。

それほどに、女の中が心地よい。

「ああ……」

女は深く吐息をつきながら、緩々《ゆるゆる》と動く。まだるっこいほど緩慢《かんまん》な動きだ。呂情は堪《た》えられなくなった。

「うぉお〜ッ」

ひと声吠えるなり、半身を起こし、体を入れ替えて、荒々しく女の体を組み敷いた。上から、激しく突き入れる。

「ひっ……」

そのあまりの激しさに、女が短い悲鳴を発する。突かれるたび、女の半髷《まげ》はぐずぐずに崩れ、半顔を被ってゆく。白い裸身が、妖《あや》しくうねった。最前までとはうって変わって積極的な呂情の攻めに戸惑っているようだ。彼の首の根に腕を縋《すが》らせ、切れ切れの声で、「許して」と口走るのがやっとだった。それでいて、女の腰は、弱々しいながらもしっかり男をとらえ、自らの意志で揺れ動いていた。

もとより、猛りきった呂情の耳に、女の声は届いていない。聞こえぬままに、彼は突いた。突いて突いて、突きまくった。絶頂はもうすぐだった。女の中に吐き出せば、すべてが終わる。すぐに終わる。そんな単純な悦楽を、慈雨《じう》のように欲するなんて、つい先刻までは夢にも思わなかった。

（畜生）

女の肩を抱く手に、呂情は無意識の力をこめた。わななく乳房を乱暴に掴んだ。憎悪すら感じさせるほどの力で揉みしだく。赤く尖《とが》った乳首が、女の快楽のほどを如実に示していた。すぐだと思ったのに、意外に続く。それも、所詮は呂情の中に蟠《わだかま》る逡巡《しゆんじゆん》故だろう。

なにもかも、いやだ。虚しさが胸いっぱいにひろがりゆくほどに、呂情の腰の動きが速く、靱《つよ》くなる。

左遷《させん》されたのは、ほんの一ケ月ほど前のことだ。よりによって、九江《きゆうこう》の司馬《しば》に任じられた。それがいやで、いっそ官を辞そうかとさえ思った。長安《ちようあん》生まれの長安育ち。生粋《きつすい》の長安っ子である呂情にとって、田舎暮らしは、想像を絶する苦痛だった。が、結局は両親と妻の説得によって、任地に赴いた。いまはとにかく臥薪嘗胆《がしんしようたん》、そのうち都へ返り咲けることもある。自らにそう言い聞かせての都落ちだった。

江南での暮らしはそう悪くはなかったが、妻子を伴わぬ単身赴任であった。自分で勧めておいて、都育ちの妻は、草深い江南を嫌ったのだ。寂寞《じやくまく》とした物思いを抱えて、呂情は孤独な日々を過ごした。そんな矢先、同僚の一人が、都へ召還《しようかん》された。

その送別の宴が、今夜潯陽江《じんようこう》のほとりの楼閣でおこなわれた。どうにも気がのらず、だが気をとりなおして仕方なく出向いたときには、既に主客は船に乗り込んだあとだった。呂情は、出立の時刻に間に合わなかった。出航を告げる銅鑼《どら》の音が空しく夜風に響いていた。

白けた気分で、一人河畔を漫《そぞ》ろ歩いていたとき、ふと、琵琶《びわ》の音を耳にした。音色にひきよせられるようにしてふらふらと足を向けた先に、女がいた。女は船頭のいない小舟を岸に寄せ、琵琶を奏でていた。不思議な音色だった。すすり泣くような、切々と訴えかけるような……。一度聞いたら、聞く者の心をとらえずにおかないものがあった。月も傾いたこの時刻、こんなところにいる女は、狐狸《こり》でなければ明らかに売春目的の私娼に違いないが、琵琶はかなりの巧者であった。しばし聞き入った後、呂情は女に声をかけた。

「乗ってもいいか？」

女は無言で頷《うなず》いた。

琵琶に隠された顔はひっそりと白く、闇に浮かんでいる。しかし、呂情はこのとき女の容姿には全く興味がなかった。ただ、女の琵琶をもう少し聞きたいと思った。それ以上のことを望んでいたわけではない。だが呂情を舟に招じた女は、霓裳羽衣《げいしょうい》の曲を一節奏でると、黙って着衣を脱ぎ、呂情の身につけた袍衣《ほうい》に、腰帯に手をかけた。手慣れた仕草だった。呂情は逆らわず、されるままになっていた。下袴を、下褌を脱がされ、男根を細い指先と唇とで愛撫されても。

生白い女の裸身が彼の体の上で蠢《うごめ》きだしてから、どれくらいたったろう。固く滾《たぎ》ったものが、女の中に呑み込まれてしまうと、さすがに彼の肉体は反応した。夢中で女を組み敷き、自ら激しく、女の中へ突き入れていた。

「あぁ……」

やがて頭の奥が真っ白くはじけ、終わりのときがきた。細く喘《あえ》ぎ続ける女の中へ、欲望の液を吐き出しきってからも、しばらくは体を繋いだままでいた。一時の火照《ほて》りから冷めると、川面を滑る夜風が膚《はだ》に沁みる。船底に身を横たえた呂情の体に衣をうちかけながら、女は、果てたばかりの彼の一物に触れる。

「琵琶は、何処《どこ》で習った？」

女の乳房へ無意識に手を伸ばしながら、呂情は問うた。

「都で。……お信じにならないかもしれませんが、これでも元は教坊の妓女でございました」

「いや、妙なるしらべであった」

なるほど。都落ちの者同士、流れ着いた場所で偶然巡り会ったというわけか。懸命に奉仕を続ける女の横顔に、呂情ははじめて目を向けた。月明かりに照らされた白い貌《かお》は意外に若く、まだあどけなさすら残している。

「ああ」と、呂情は低く呻きをもらした。女の舌の愛撫が巧みなためか、たったいま果てたばかりの彼の陽物は、再び猛々《たけだけ》しさを取り戻しつつあった。

2

女と呂情が身動きするたび、舟はギシギシと水際で揺らぐ。仰ぎ見る夜天には無数の星が瞬《また》いている。

そのたゆたうような揺れ方と、いつ誰に見られるかわからない野外であるということに、興奮したのかもしれない。女の口腔内で、呂情の欲望は忽ちはち切れんばかりに膨らんでいった。豊かな乳房とは対照的に驚くほど華奢《きやしや》な女の体を、呂情は無言で引き寄せた。射精したばかりなので、昂ぶってきたといっても、まだまだ余裕がある。ゆっくりと、女を自分の上に跨《また》がらせた。

「名は?」

女の動きに合わせてゆったりと己のものを抽送しながら呂情は問う。

「秋娘《しゅうじょう》と申します」という女の答えにはさすがに苦笑しそうになる。少し前、都に秋娘という名の名妓が現れ、教坊一の売れっ子となって以来、妓女たちは好んでその名を名乗る。都落ちして、いまは行きずりの男の袖をひく私娼にまで身を落としながらも、まだ当時の華やぎが忘れられずに秋娘を名乗るのか。

呂情には、女のその心根が少しく哀しかった。だからかもしれない。女を責める肉欲の疼《うず》きに優しみが生じた。乳房をまさぐり、小さく尖った乳首を摘む指先の動きが柔らかくなった。すると、女はそのあまりの悦楽に堪えかねたのか、呂情の胸に身を伏せ、「ううっ……」と小さく嗚咽《おえつ》のような声を漏《も》らす。

「後生ですから」

早く、終わらせて欲しい、という意味の言葉を、聞き取れぬほどの小声で彼女が口走ったとき、異変が生じた。

（き、きつい）

不意に、女のなかが、彼を締めつけるように激しく収斂した。抽送をやめても彼の肉身に与えられる快感はやまない。じっとしていても、口腔で愛撫されているときと同様の、きつく締められるような感覚だけで、すぐにも果ててしまいそうだった。呂情は今年で四十になる。決して若くはない。年齢相応の女性経験もある。なのに、女のなかがこれほど心地よく感じられるとは。肉の襞の一つ一つが、舌をからめてくる濃密さで、肉棒に絡みついてくるようだ。

「と、とける……中が……とけてしまう……」

夢寐《むび》の寝言かと思える呟きを漏らしながら、呂情の肉根は、女の中で激しく爆《は》ぜた。

深い充足の中で女を抱きしめ、唇をあわせたとき、呂情は不思議な思いにとらわれた。

まるで、十年来思い続けた運命の恋人をはじめてその腕に抱いたときのような……。名状しがたい愛情がこみあげてきて、しばしその肌の温みを愉《たの》しむかのよう

に、乳房を腿を、何度も撫でさすり、優しく抱擁したのち、

「教坊にも身をおいたことのあるそなたが、何故このような境涯に身を落としたのだ？」

呂情は問うた。女の転落の過程など、どうせ似たり寄ったりだ。そんなことは百も承知のはずだったのに、自分でも気づかぬうちについ口走っていた。或いは、ありふれた女の流転談を聞くことで、安堵したかったのかもしれない。夢とも現《うつつ》ともつかぬこの快楽が、狐狸の仕業ではないのだということを。

「信じていただけないかもしれませんが」

秋娘は、二度同じ言葉を口にしてから、薄物の紅衫《こうさん》を肩から羽織《はお》り、徐《おもむろ》に話し始めた。素膚が透けてみえる紗を纏った姿は、呂情の目には、裸身よりもなお艶《なま》めかしく映った。

「信じていただけないかもしれませんが、私はかつて都に生まれ育ち、十になるかならぬかで娼家に売られ、さる高貴なお方にお仕えすべく養育された女なのでございます」

秋娘の言葉は、周囲の水音と同じ滑らかさで呂情の耳朶《じだ》に沁み入った。

娼家では、通常十一～十二くらいから歌舞音曲の習練をはじめ、女のしるしをみる十三くらいで男女の秘事を教え、十四までには一人前の娼妓として店に出られるように仕込む。もとより秋娘も、そのための習練はぬかりなく仕込まれた。

とりわけ彼女には琵琶の才があったらしく、十三までに琵琶の師の免許を得た。容貌の可憐さは言うに及ばず、教坊の花形として持て囃《はや》されるのも時間の問題と思われた。師匠からとりわけ可愛がられていたこともあり、秋娘は些《いささ》か有頂天になっていた。だが、多少人より上手に琵琶を弾けるなどということは、実は娼妓にとって、大した付加価値ではない。やがて秋娘は、いやというほどそれを思い知らされることになる。

師の免許を得てほどなく、秋娘は女のしるしをみた。同じく養育されていた他の娘たちは皆店に出され、客をとらされている。にもかかわらず、店の女主人は、秋娘にそれを課そうとしなかった。何故なのか。秋娘は不安になった。

そして娘になった年の春、秋娘ははじめてその理由を知った。就寝後、尿意をもよおして厠《かわや》へたった帰りのことだった。阿母《はは》たちの寝起きする母屋に皓々《こうこう》と明かりが灯り、人声がしていた。何事かと興味を持つのは、十三歳の少女としては至極当たり前の反応だった。秋娘はそっと明かりに近づき、廂《ひさし》の下から、中を覗き見た。息を呑んだ。中では、男と女が、全裸で体をからめあっていた。男は荒々しい吐息をつき、女は絶えず切なげな喘ぎ声を漏らしていた。驚いた秋娘はよろよろと二〜三歩後退ってから、隣の窓に躙《にじ》り寄った。恐いもの見たさの欲求に抗せず、秋娘は中を覗き込む。そこでは、女同士が全裸で組んずほぐれつ、さまざまな痴態を演じていた。もっともそれがなにを意味するのかを理解するまでに、秋娘にはしばしのときを要したが。

「いけない子ね、覗き見なんて。知りたけりゃ、明日からたっぷり教えてあげるわ」

不意に肩を抱かれ、耳許《みみもと》に囁かれた。

それは、この家の女主人──秋娘が阿母《かあ》さん、と呼んで慕う、美しいひとにほかならなかった。

3

気持ちいい？

阿母にはじめて胸を舐《な》められたとき、あまりの恥ずかしさに失神しそうだった。阿母といってもまだ三十前の若い女である。どちらかというと線の濃い、中性的な美貌の主だったが、そのせいか、実際の年齢よりもずっと若く見えた。そんな同性から秘部を愛撫されて、恥ずかしくないわけがない。

気持ちいいなら、ちゃんと声をださなきゃ駄目よ。声にださなきゃ、感じてるのかどうかわからないでしょ。なに恥ずかしがってるの。ほら、ここがこんなに濡れてしまって、もう恥ずかしがってる場合じゃないでしょ。

「ぜ、ぜんぜん、気持ちよくないです。……もう、許してください。後生ですから……」

抗《あらが》っても、許されるわけがなかった。

本人の意志とは無関係にダラダラと淫らなものを滴《したた》らせるその部分を、阿母は舐《ねぶ》り、いたぶり続けた。秋娘が音を上げるまで。悲鳴まじりの懇願《こんがん》を発するまで。

そうよ。いい子ね、それでいいのよ。気持ちよかったら、どこがどうよかったのか、ちゃんと口にだして言うのよ。あたなは、百人に一人の逸材よ。可愛い子。男なら、誰でもあなたの体の虜《とりこ》になるわ。だから、もっともっと、教えてあげないとね。

秋娘の未開の肉体には、日々筆舌に尽くしがたい破廉恥《はれんち》な教練が重ねられていった。

一糸まとわぬ姿のまま、毎夜阿母の寝室に呼ばれる。

「私を、歓ばせてごらんなさい」

冷ややかな矜持《きょうじ》を保つ阿母に言い放たれたとき、秋娘は迷わず、彼女の女陰を舐めていた。抵抗はなかった。嫌悪も感じなかった。

秋娘が強く舌を使った瞬間、

「あぁンッ」

まるで小娘のような嬌声《きょうせい》をあげて彼女が恥じらったことが、これまで生きてきた人生の中で一番嬉しかった。それから、夢中で彼女の胸乳にむしゃぶりついた。乳首を吸った。固く尖ってきたものを執拗《しつよう》に舐った。まるで母の乳房を求める赤子のように。日頃は自分を見下すように冷たい阿母の美貌が悦楽に歪むさまは、秋娘にはちょっとした衝撃だった。

「上手よ、秋娘。ご褒美にもっといろいろ、教えてあげる」

だが、それから阿母によって与えられる快感の数々は、着実に秋娘の体を変えていった。


木馬。

毎朝、それを見るだけで全身に震えが走った。それでも、やめて、と助けを求めることはできなかった。心が拒絶する前に、体が受け入れてしまったからだろう。あるときから、毎朝食事のあと、素裸でその木馬に跨ることが秋娘の日課とされた。木馬とは即ち木製の玩具の馬で、その鞍《くら》の部分に仕掛けが為されている。跨って、鐙《あぶみ》に足をかけると、男根を象《かたど》った棒が、突起する。

つまり、突起したものが、局部を穿《うが》つ。

これは堪《た》え難い苦痛であり、快感だった。その中途半端な感覚に身悶え、身を捩《よじ》って鐙を踏めば、即ちそれが突起する。強く踏めば深く局所を抉り、浅ければそっと突く。だが、そのからくり木馬の真の恐ろしさを秋娘が知ったのは、それからなおしばし後のことである。異物に侵入され、体の奥を蹂躙《じゅうりん》されることで快感を得る女の性を、身をもって思い知らされた。

「私の見込んだとおり、やっぱりあなたは素晴らしい素質の持ち主よ」

誇らしげに微笑みながら阿母が秋娘に口づけしたのは、彼女が、鐙を踏んでからくりを使わずとも、締めつける己の力だけで棒を出し入れできるまでになった日のことだった。

「これなら、ジジイは容易《たやす》くあなたの虜になるわ。うんと愉しませてあげなさいね」

阿母の言う「ジジイ」が何処の誰であるか、もとより秋娘の知るところではなかった。

相当な権力と富を有した男であることだけは間違いなかった。

連れて行かれた屋敷は、皇城をすぐ目の前に望む太平坊《たいへいぼう》の大路に面する、堂々たる大邸宅だった。既に何人もの妻妾を持ちながら、なお秋娘のような女を欲するのだから、まさしく色と欲の権化のような男だったのだろう。驚いたことに、秋娘を買い取り、女主人に預けたのは、その家の主人の妻―男の正夫人だった。

「主人の好色にも困ったものじゃ。次から次へと新しい女を引き込んで……よいか、秋娘。そなたの天性の色香と月藍《げつらん》に仕込まれた性戯で、主人を虜にするのじゃぞ。もう二度と、他の女に目移りせぬほどに、な」

夫人は阿母と同じようなことを言い、秋娘を主人の寝室へ誘った。月藍というのは阿母の字《あざな》だった。これまでにも、何度かあの娼家で仕込んだ女を主人の枕席に供しているが、どの女とも長続きしないのだ、と夫人は嘆いた。だから、今度こそ、秋娘には最後の女になってもらいたいのだと、くどいほどに念を押された。

「可愛い女じゃ」

夫人の思惑どおり、主人は一度で秋娘が気に入ったようだ。琵琶の演奏もそこそこに、慌ただしく閨《ねや》へ引き入れられた。肥満した主人の体の下で、磨き抜かれた秋娘の肉体は、存分にその真価を発揮した。自らが、快感を得られれば得られるほど、その倍の快感を男に与えずにはおかない素晴らしい女体を、主人は勿論堪能《もちろんたんのう》した。

最初の晩から、続けて三晩、主人は秋娘を愛した。どんな女でも、続けて三晩以上は抱いたことがないという主人にとって、それは異例のことだった。このままいけば、夫人の願いどおり、秋娘は主人の寵愛《ちょうあい》を専らにするかに思われた。

ただ一つの誤算は、秋娘と同衾《どうきん》した四日目の朝、主人が頓死《とんし》してしまったことだ。

寿命か、秋娘との激しい交わりが死期を早めたのか、それはわからない。少なくとも夫人は後者だと思った。主人の命を縮めた不吉な妾を、彼女はさっさと売ってしまった。

4

「それからは、都じゅうの妓楼を転々といたしました。私を敵娼《あいかた》にしたお客様が、そのあと何人も続けて亡くなられたのです。不吉な噂がたつのを嫌って、店の主人は私をまた別の楼へ売りました。……そんなことが続いたので、やがて教坊中に、私の噂は広まってしまいました。それでとうとう、こうして遠く江南の地へ……でも、結局どこでも長続きせず、いまは雇い主もなく、このように一人……」

そこまで言うと、秋娘はとうとう堪えきれず、袖口に顔を覆った。震えるその肩に腕をまわして、呂情はそっと抱きしめてやった。同じ遊女でも、格式のある立派な店のお抱えと、一介の私娼とでは、天と地ほどの開きがある。かつては都でも名を知られた娼妓であったのが、いまは草深い田舎で、行きずりの男の袖をひくような身の上にまで堕ちた。そんな我が身が情けなく、恥じ入る気持ちは、呂情にもよくわかった。

（せめて花代ははずんでやろう）

女の身の上に深く同情しながらも、呂情はこのとき、己のうちに再び興りつつある欲望に自分でも驚いた。

既に二度、気をやっている。

一夜のうちに三度も……。平素の彼からは考えられないことだった。女の異様な身の上話を聞くうち、心ならずも興奮してしまったのか。抱きしめる腕をゆるめて体を入れ替えながら、自分でも気づかぬうちに固く屹立したものを、彼は秋娘の尻に押し当てた。

秋娘は心得ていて、すぐに膝をたててその場に這い、呂情の挿入に協力した。何人もの男を死に至らしめた女の中へ、呂情は三度押し入った。この交わりが果てたとき、自分も死ぬのか。そんな危惧《きぐ》が、徒《いたずら》に呂情を猛り狂わせた。入るなり、のっけから激しく突き動かす。腕をまわし、胸乳を摑んだ。強く揉みしだく。或いはそっと摘んで、撫でさする。はじめはか細いものだった女の喘ぎが、いつしかせつなげな悦声に変わる。おざなりな快感が、やがて本物の愉悦に変わると、女の内奥が、まるで男を呑み込むかのように蠕動《ぜんどう》した。ひと突きごと、それは確実に強くなる。

これまで味わったこともない深い歓びに、呂情の体は、まるで女のように歓喜した。

同じく是れ、天涯淪落《てんがいりんらく》の人、

相逢う、何ぞ必ずしも嘗て相識らん。

女の中で果てる瞬間、呂情の脳裡を、そんな名詩の一節が過《よ》ぎった。

「もう一度、弾《ひ》いてくれないか」

女の言い値より多少多めの金を払って舟を去るとき、別れ際に呂情は懇願した。彼の意図がはかりかねたのか、女は無言で呂情をふり仰ぐ。

「琵琶を。もう一度、お前の琵琶が聞きたい」

「なにを弾きましょう」

「緑腰の曲を」

「はい」

秋娘が頷くのを見届け、呂情が踵《きびす》を返したそのとき、四本の絃を一度に弾かせる激しい撥《ばち》音が早朝の空気を破った。あらゆる生き物の眠りを覚ますに相応しい、激しく澄んだ音色だった。強く激しく、そしてときに緩く。まだ曲に入らぬうちから、変幻自在に情のこもった音色が、呂情を促した。

淡く空の白んだ河畔の道を、琵琶の音に送られて去る。なんと贅沢なことだろう。夜を徹して女と交わった肉体はさすがに疲弊し、もし身を横たえたら、いますぐ眠りにおちてしまいそうだが、心は清々《すがすが》しさに満ちていた。洗いざらい欲望を吐き出し、ついでに、胸の底に蟠《わだかま》っていた不満や妬みや虚しさの感情までも吐き出しきってしまったからか。こんな清浄な気持ちになれたのだから、たとえこのまま死んでも悔いはないとまで思えた。

(いい女だった)

明日の晩……いや、今夜にでもまた来てみようか。呂情の胸には、先夜ここを訪れたときにはかけらも感じられなかった希望の灯すら萌《きざ》しはじめていた。

一方、去りゆく男を見送りながら琵琶を奏でる女の胸には、なんの感慨も興らない。

（また、場所を変えなきゃね。あのひとが、今夜もまた訪れたら困るから）

彼女が男に聞かせた身の上話はほぼ真実であったが、ただ一つだけ、あえて語らぬことがあった。それは、彼女を仕込んだ娼家の女主人・月藍のその後である。主家の命を奪うような不吉な女を育てあげたということで、月藍の店は、ほどなく都では商売できぬほどに落ちぶれてしまった。それでも、最終的に秋娘を買い戻したのは、月藍だった。

「お前はあたしの、最高に出来のいい娘だよ。誰が手放すもんかね」

店を失っても、月藍は秋娘一人に固執した。

そして、秋娘もまた。

（帰ろうか）

男の姿が完全に視界から消えるのを待って、秋娘はゆっくりと撥をおろした。琵琶を櫓に持ち替え、徐に舟を漕ぎ出す。流れに逆らわずに進むので、さほどの力は要しない。密生した葦《あし》のあいだを縫うように舟は進む。

（阿母《かあ》さん）

これまで秋娘は、どんな男との性交でも、真の充足を得たことはなかった。快感はおぼえても、本当に気をやったことは一度もない。この世で、彼女に真実の歓びを与えられるのは、養い親の月藍ただ一人だったのだ。

月藍以外の者の愛撫に対しては、ただ義務的に、おざなりに感じるだけだ。あのいまわしいからくり木馬のおかげである。

（待ってて、阿母さん。あたしが稼いで、いまにきっと、お店を出させてあげるから）

月藍を思うと、ついさっきまで男に占有されていたところがジンと疼いて、櫓を握る手に無意識の力がこもった。もうすぐだ。もうすぐそこを、大好きなお阿母さんにたくさん可愛がってもらえる。その指、その舌で……。想像するだけで、歓びに体が震える。

月藍の待つ住処までもうあと僅《わず》か、川風が、歓びと期待に疼いた肌膚には心地よい。

Ecstasy

『私は穴』

渡辺やよい

1

「結婚したいけど、君とは出来ない、だから彼女ともつきあう」

亮《りょう》がそう言ったから、私は別の男と、ホテルにいる。

出会い系サイトで「30歳男に振られたばかりの独身マリコです」と、でたらめを書き込み、アクセスしてきた男の中の写メールのうち、一番タイプでない男と会うことにした。つまり、亮と正反対のタイプということ。

その男がいま、私の股間をぴちゃぴちゃ舐めている。「サザエさん」の波平《なみへい》のような頭が、私の下半身で揺れている。男のぶよぶよした生白い尻が舌の動きに合わせて揺れ、なかなか壮観だ。

男はホテルに入るや否や、私をベッドに押し倒し、がつがつとしたキスを求め私の舌をちゅうちゅう吸い上げ、粘っこい唾液を流し込む。片手でスカートの中へ乱暴に手を突っ込みパンティストッキングごと下着を引き下ろし、その瞬間お気に入りのレ

ースの下着がぴりっと嫌な音で裂けた。私が男のにんにく臭い口（ヤる前は、焼き肉かよ）で窒息しそうで、

「ううむぅ」と、呻くと、男は顔を離してはあはあいいながら笑って言った。

「もう感じてる？」

ばぁーか、と、私は言ってやりそうになる。その代わりに私は恥ずかしそうにこっくりうなずく。男は嬉しそうに、私のパッションピンクのサマーセーターをぐいと押し上げ、胸をむき出し、パンティとセットの同じレースのブラジャーのフロントホックを、ぴん、とはじく。ぷるんと、私の大きいけれど少しくたびれた乳房が左右にこぼれ出る。

「はう」

男は妙な溜息をついて、いきなり両手で私の乳房をむにゅりとつかんで、痛いほど揉みしだき遠慮なくむしゃぶりついてくる。忙《せわ》しない動きで、両乳首をれろれろとなぶる。不思議だ、嫌いな男にでも身体はきちんと反応する。乳首がたちまちしこって固く勃《た》ち、乳首から股間に、ちりちりしたむずがゆい欲望の電流が走る。

「あ……ふぅ」

小さな喘ぎ声が、私の唇からもれる。

男の生温かい舌が、ゆるゆると鳩尾《みぞおち》から臍《へそ》、すでにむき出しの肝心な部分へと唾液《だえき》の軌跡を描きながら降りてくる。むずむずむず、私はそろそろと股を開く。男の熱い鼻息が、ふあふあと私の陰毛をそよがせる。ぞくぅ、短い快感に子宮の奥にきゅっと力が入る。男が私の両腿に手をかけて、大きく開帳させる。

「いいねぇ、大人しそうな顔に似合わずいやらしいおま○こしてる」

男の無骨な指が、びらっと私の淫肉の合わせめを開き、つぷっと軽く人差し指が侵入してきた。

「あっ」

私はその瞬間、粘膜の奥からとろりと愛液が吐き出されたのを意識する。

「濡れてる、もう、ぬるぬる」

男の嬉しそうな声、再び、ばぁーか、と、心でつぶやく。あんたのおかげじゃない、亮のせいだ。亮の知らない男と、最低の男と、してやる、気持ちよくなってやる、イキまくってやる、そう決心してきたんだ、そう、感じる準備は出来ている。

亮、あんたじゃなくたっていいんだ、ほら、私は大嫌いなタイプの男に、いま、感じているのよ、ざまあみろ。

男が、ちゃぷっと音を立てて私のぬめった秘唇に舌をたてた。ずきん、小さい快感の火花。

「んんっ」

私は軽くのけぞる。男は、意外に遊び慣れしているらしく、肉孔の周りをまんべんなく刺激しながら舐めはじめる。気持ちいい、私は目を閉じる。全ての神経をヴァギナに集中させ、快楽だけをすくいとる。

ぴちゃぴちゃぴちゃぴちゃ
「あ、ああ、ああん」

私の唇から、ひっきりなしに声が漏れ出す。

男は存分に柔肉の亀裂を舐め回すと、一番敏感な肉芽を探り当て、すでにつんと紅く勃っているであろうそこに舌を当ててこねはじめた。ぴりりっ、鋭い快感が走る。

私の声がやるせなく響く。

「あっ、そこっ……！」

「クリトリス、敏感なんだ」

男はつぶやくと、いきなりそれを口に含んで吸い上げる、じゅわぁっ、と、陰蜜が溢れたのを感じる。脳芯に軽く絶頂のサインが点滅する。

「はっ、ひぃん、いや、あ、ああ、あああ」

男の舌が容赦なく、核心の部分をぐりぐり責めたてる。私の腰が浮く。私は思わず男の薄い頭を両手で押さえて、股間にがっちり固定する。イかせて、このまま、イかせて、あんたでイっちゃいたい、あんたのにんにく臭い舌で舐められて、イっちゃいたい、みじめに気持ちよくイっちゃいたいの、押し寄せてくる波、その波のなかに私は呑み込まれて、亮から遠ざかってゆく。

もしかしたら、亮だっていま、あの女と寝ているかもしれない。あの女のクリトリスをこね回しているかもしれない。そうよ、だったら私がイったって、かまわない。ああ、イくわ。

知っている。私には亮を責める権利はなにもない。

だって、私は結婚しているのだから。

2

クンニで、軽くイかされた。

私は喘ぎながら、しばらく目を閉じてじっと横たわっている。ふっと、熱く生臭い匂いが顔をおおう。思わず目を開けて見上げると、いつの間にか男が私の上にまたがって、片手でペニスを握って、私の口元に押しつけようとしているのだ。

「今度は君の番」

男のペニスは、天井のライトを逆光に見上げているせいか、恐ろしいほど黒々と隆起して野太く見える。

亮は、亮のペニスは、初めて見たときの彼のペニスは、桃色をしていた。私は思わず、

「わあ、きれい」

と、つぶやいたものだ。使い込んでいない、初々しいペニス。

私は目を閉じて、口を開いて、男のモノをほおばった。口に入れると、それほど大

きくも太くもない、まだ少し柔らかい、それを、私は唇で強く挟み込み、ゆっくりと顔を上下した。ときどき舌の先で、ペニスの裏筋や亀頭の先をついてやる。男が頭上で、軽く呻く。ペニスの先から、うすしょっぱい汁が漏《も》れはじめる。自分の刺激が去って、いま、機械的に首を振り立てていると、私の意識はすうっと、再び亮の元へ引き戻されてしまう。

25歳の亮と、34歳の私が出会ったのは1年前だ。カルチャーセンターのシナリオ教室で、たまたま隣の席だったのだ。私は自分探しなどと言えば聞こえがいいが、ただ、退屈を紛らわせるためそこにいた。亮は、会社勤めをしながらシナリオ作家への道を模索していた。最初に隣に彼が腰を下ろし、私に向かって目礼して、

「よろしく、石野です」と、にっこりした瞬間、私は亮に欲情した。

この男と、寝たい、と、思った。

「こちらこそ、今井はるかです」

と、私はよこしまな気持ちを込めて自分の名前まで教え、とびきり上等の笑顔を見

せた。

私は人妻だった。

夫は、婦人服の小売店を幾つも経営し順調に売り上げを伸ばし、子供は名門の私立の中学校に合格したばかり、都内に持ち家があり、チワワまで飼っている、おつきあい程度だが夫とセックスもしている、私に足りないものは、なにもない、はずだった。

私のどこかに穴があいている。そこからなにかすうすうと空気が漏れていくのだ。その正体が分からないまま、私は漠《ばく》とした不安を抱えたまま、何事もないように装っていた。

それが、亮と会ったとたん、露呈《ろてい》した。

穴を、埋めてくれるのは、この男だ、と。

私はいつになく熱心にカルチャーセンターに通い、亮に接触し親しくなり、帰りがけにお茶を飲むようになり、やがて食事に誘うようになり、そこからお酒を飲む仲になった。お酒からベッドまでは、あっという間だ。

酔った勢い、というフリをして、ホテルに誘い込んだ。亮は拒まなかった。私は内心躍り上がった。

だが、ホテルに入って、亮が服を脱いだとたん、私はひどく後悔した。彼は若かった。私は子持ちの中年女だった。彼の引き締まった肉体の前に、私はたるみきり使い古された自分の肉体を恥じ、はずしかけたスカートのフックを留め、立ち上がった。

「ごめんなさい、どうかしてたの」

ドアに向かう私の腕を、亮が引き戻して、恐ろしく強い力で抱きしめた。小柄な私は、大きな亮の腕の中で、ばらばらになるかと思った。亮が私の耳元で、熱い吐息とともにつぶやいた。

「好きです」

全身の力が抜けた。私の中の穴が、ぴたりとふさがった。

私はそのままベッドに押し倒され、裸に剝《む》かれた。私が仕掛けたことだ、抵抗しなかった。

愛撫ももどかしく、性急に、亮の熱く激しい高ぶりが私に侵入してきたとき、私の花肉は、すでにシーツまで染みを作るほどぐっしょりと潤《うるお》い、彼を待ち受けくるみこんだ。

「あああ、ね、もっと突いて、突いて」

私は亮の固い尻に両足を絡め、ぴったりと密着して自らも腰を振り立てこすりつけた。

ぎしぎしとベッドが軋《きし》むほどの、亮の真っ直ぐな力強いストロークに、私の全身が歓喜の声を上げた。亮の欲望が全て私に向かってくる悦び。これが欲しかった、こんなふうに求められたかった。

私は亮の顔を引き寄せ、唇をむさぼった。彼の唇を割って、そのなめらかな熱い舌に吸い付き、味わった。彼もまた私の口中を、好きなだけ征服した。痺れるほど舌を吸い上げられたとき、じーんとした快感が頭を真っ白に変え、キスでイクということを、初めて知った。

「ああ、はるかさん、もう、出そうだ」

亮が、苦しそうに呻いた。

私も自分の沸点《ふってん》が近づいていた。

「きて、きて、ねえ、きてぇーっ」

亮の腰の動きが、ぐんと激しくなり、私の頭の中でばちばち火花が散った。

私は絶叫した。その瞬間、私の中で、亮がびくびくと痙攣《けいれん》した。

3

私がしゃぶり続けているうちに、男のペニスは硬度を増し、反《そ》り返りはじめる。

男は体勢を変えると、私の腕をつかんで起こし、

「入れるよ」

「お尻をこっちに向けてごらん」

私は言われるまま四つん這いになる。

「ああ、いやらしいよ、おま○こがひくついてるのが丸見えだ」

男が私の尻をつかみ、片手を添えてペニスを挿入してくる。ずるり、待ちかまえていた快感、

「ああ、いっいぃ」

ああ、とうとうヤっちゃったわ、知らない男のペニスが、私の淫肉をぐちゃぐちゃとかき回している。こんな犬みたいに犯されているのに、私のおま○こは快感によだ

れを垂れ流し続け、挿入をくりかえされるたび、私の唇からは淫らなヨガリ声がこぼれるのだ。

一度寝てしまってからは、亮とはひと頃、毎日のように会ってセックスした。亮になにも恥じない、何も隠さないセックスをした。

「好きだよ、好きだよ、好きだよ」

とめどなく溢れる愛の言葉、愛のペニス、私はそれに餓え、それを欲しくて、むさぼった。だが、私の方は何もかも隠していた。年齢も結婚していることも子供がいることも、隠していた。亮を失うことが恐くて、核心に触れられそうになるたび、キスやセックスでうやむやに流した。

けれど、全ては、

「はるかと結婚したい」

ついに発せられた亮からの最後通告で、終わった。私はとうとう真実を告白せざるを得なかった。

亮は、どこまでも真っ直ぐな青年だった。

「それでもいい、あなたも僕を好きなんだから、いつか、一緒になろう」

私は初めて、亮の誠実さを憎んだ。

「そんなこと、無理、あなたとは結婚なんかできない」

私は、汚い女だった。亮に自分の空漠を埋めてくれるだけでよかったのだ。

「僕が好きじゃないんだ」

「好きよ、でも、今のままでいいの」

「……ずるい」

その時の亮の哀しい目に、私は再び自分の穴が開きはじめるのを感じた。

亮は、その後、二度とこの話題を口にしないまま、私たちの付き合いは続いた。でも、セックスにはかつての輝きはもう、なかった。

そして、昨日、ベッドで亮は言ったのだ。

「つきあってみたい女の子がいるんだ」

「……私が、嫌になったんだ」

「ちがう、はるかのことはどうしようもないくらい好きだ、でも、あなたは僕のものになる気はないじゃないか、僕は、もう、しんどいんだ」

「……」

ぽかり、私の穴が、ひとまわり大きく開いた。

「別の女の子とつきあうのを止める権利は、あたしには、ないわ」

私は、なるだけ大人の余裕があるフリをして言った。亮は子犬のような濡れた目で、ただ、私を見つめた。そこにある真意は、私にはくみ取れなかった。

ただ、私はその後、亮と別れたとたん、みしみしと開いた穴が裂けるようにきしみ、苦しくてたまらず、出会い系サイトにアクセスして、今、私の背後から私を犯しているこの男を、呼び出したのだ。

ぱつん、ぱつん、男のたるんだ腹が私の尻に当たる。

「あ、ああ、そこ、そこ、いいっ、当たるぅ」

男の太ったからだが私にのしかかり、私はたまらずシーツの上にうつ伏せ、男は私の尻だけ持ち上げ、肉の楔《くさび》を打ち込み続ける。私が、ふっと顔を上げると、鏡張りの部屋の中、獣のように交わっている自分と目が合う。私は自分に言う。

これは復讐よ。

誰に？　亮に？　自分に？　分からない。

私は再び目をぎゅっとつむり、下半身に集中する。と、男の毛むくじゃらな右手が伸びて、私の充血しきったクリトリスを擦《す》り上げる。私はびくっと飛び上がる。

「ひっ、だめ、それ、だめっ」

「あんた、ここ弱いだろ、な、こうすりゃ」

男は、2本指でクリトリスをはさみきゅっとひねりあげた。がつんと、激しい快感が襲う。

「あひい、いや、いや、ああ、だめ、すごい、ああ、すごい、だめだめ、あああ」

がっくんがっくん男の腰がたたきつけられる。ペニスが淫襞を激しく蹂躙し、同時に快美の源の突起を指でしごかれ、私はあさましい肉の悦びに屈服した。きーんと、耳鳴りがするような気がした。

「イクっ、イっちゃう、ああいや、いっちゃう、もういっちゃう、イクイクイクぅ──!」

じゅばっと子宮の奥から熱い汁がただもれる。私はびくびくと四肢を痙攣させる。

男のペニスがぐん、と、私の中で膨れ上がる。

「おうっ、イクぜ」

男が叫んで、いきなりペニスをずるりと抜き取る。私は髪の毛をつかまれて顔を引き上げられ、半開きの口にペニスを押し込まれる。

4

「おら、全部飲め」

次の瞬間、男は私の口の中でどくどくと盛大に射精する。

「うが、ぐうぅ」

半ば意識が遠のいていた私は、呻きながらその白濁《はくだく》したスペルマを必死で飲み下す。まずい、まずいよ、亮、私、大嫌いな男とセックスして、犬のかっこうでイかされて、精子まで飲まされてるよ、みじめで気持ちいいよ、亮。私、何をしてるんだろう。

男は、ことが終わるとさっさと身仕舞いして、煙草を1本吸い、サイドテーブルにホテル代を置くと、

「お先ぃ」と、軽く手を挙げて、出ていく。

私はまだ、顔中べとべとにしたまま、裸でベッドに座り込んでいる。

みしり

私の穴に、再び亀裂の走る音がする。

ぶぶぶぶぶ

携帯のバイブがバッグの中で音を立てる。

取り出して着信を見ると、亮だ。私は3秒だけちゅうちょして、それから出る。

「亮」

「どこにいるの?」

「亮こそ、デートは終わった?」

「彼女は、もう、帰ったよ」

「その子のおま○こは、どうだった? 締まりがよかったんじゃない?」

「何いってんだ、はるか、僕は……」

「私、いま、知らない男とエッチしちゃった」

「……」

「すっごいハゲでデブだけど、けっこううまくて、イっちゃった、精子まで飲まされた、髪の毛がばりばりして気持ち悪い」

「……」

「来ない？　歌舞伎町の亮と最初にエッチしたホテルの同じ部屋だよ」

ぷつん
私は切れた携帯を片手に、ぼろぼろと泣いた。

自分でぶちこわした。そうするしかなかった。私は、やっと気がついたのだ。恋をしてしまった、と。それだけは、してはいけないことだった、それだけがしたいことだったのだ。

1時間も泣いたろう。……帰ろう。このさらに大きくなった穴を抱えたまま、帰るのだ。

私はシャワー室へ向かう。

ぴんぽーん、ぴんぽーん、ぴんぽーん
性急なチャイムの音に、飛び上がる。あの男が戻ってきたのか、もう一度したっていい、もう、なにも失うものはない。

裸のままドアを開けると、亮が立っている。

怒っているような泣いているような見たこともない顔で、立っている。

「ほんとに、したのか」

一目瞭然《りょうぜん》の私の姿。

亮は中へ押し入ると、私をどんと突き飛ばす、私はぺたんと床にしりもちをつく。

「なんで、するんだ？」

亮の声が震えている。私は答えられない。あなたが好きだから、別の男と寝た、なんて、してから気がついたのだ。

「あたしは、夫も子供も裏切っても平気でセックスするのが大好きな、淫乱なのよ、若いあなたでもじじいでも、ちんぽを入れてくれるなら、誰だっていいのよ」

ぱーん！

ほおに激痛、目から火花が散る。亮が、私をはたいた右手を、自分が怪我でもしたかのように左手で押さえている。

「そんなにしたいのかよ」

押し殺したようなくぐもった声。亮はいきなり私の腕をつかみ、ベッドに引きずっていく。私は死体のようにベッドに投げられる。亮が私に覆い被さる。

「そんなにしたいならしてやるよ」

亮は私を両膝で押さえつけて、シャツを脱ぎジーパンの前を開き、ペニスをつかみ出す。彼の心の怒りの体現のように、それは怒張し激しく血管を浮き出している。

じゅわぁ
私の下半身が、たちまち潤む。恋しくて、潤む。

そのまま突っ込まれる。

亮が半泣きで、私の上で動き始める。

そのとたん、亮のペニスで全身が支配される。くわーっとした快感が、みるみる膨れ上がり、秘孔から身体の隅々にまで広がっていく。

「ちくしょう、ちくしょう、なんで、なんでこんな女に……」

亮が振り絞るような声で言う。ばすんばすんと激しく下半身を叩きつけられ、私の身体ががくがくと上下する。いい、気持ちいい、狂おしいほど、このペニスが愛しい。私は亮の首に両手を回して、しがみつく。

「刺して、もっと突いて、たまんないの、いいの、いいのぉ」

「これがいいのか？　これが好きなのか？　好きなのか？」

「好き、好きよ、好きよぉ、これが大好き、おま○こ大好き、亮のおちんちんが、大好き」

亮の目が、ふっと、緩む。

「淫売」

亮が、がちがちと歯が鳴るほどのキスをしてくる。私は目を閉じて、キスを受ける。

私の穴が、また、ゆっくり閉じてゆく。

Ecstasy

『ネイキッドロード』

山田正紀

1

唇が乾いていた。舌で舐《な》めた。が、どんなに舐めても唇に湿り気は戻らない。乾いて、ひび割れていた。

車を運転していた。交差点に向かう。信号が赤から青に変わった。ゆっくりとアクセルを踏み込んだ。車がわずかに加速した。

右に曲がれば銀行に戻る。左に曲がれば別の街に向かう……どちらに曲がるべきなのか、右か、左か、それともいっそ直進すべきなのだろうか。

別の街に向かえばもう銀行に戻ることはできない。四千万もの「組織」のカネを持ち逃げしてどこに戻ろうというのか。いまのおれに戻るところなどあろうはずがない。それどころか銀行は「組織」に依頼しておれのことを追わせるにちがいない。なにしろ表に出せない「組織」のカネなのだ。それを猫ババした人間をそのまま見逃すほどあの「組織」は鷹揚《おうよう》ではない。

おれは三十年つとめたあげくにあっさりとリストラされようとした。その奪われた誇りと恨みを清算するのに四千万という金額は妥当《だとう》だろうか。このカネを奪って逃げればもうおれは家族のもとに戻ることはできない。それを思えばあまりに少なすぎるのではないだろうか……

すでに夜の十一時をまわっていた。このまま夜通し車を走らせれば明日の朝には東京に着くだろう。パスポートはいつも持ち歩いている。朝一番のタイ航空に搭乗すれば明日の夕方にはバンコクに入ることができる。バンコクでは女がおれのことを待っている。よく笑う、そのせいか笑いじわの深い女だ。三十歳になるかならないかだろう。場末のキャバクラで知りあった。惚れているかどうかは自分でもわからないが、フェラのテクニックは気に入っていた。

交差点に入った。右に曲がるか左に曲がるか、そのことを迷いながら、しかしアクセルを踏みつづける。

ヘッドライトのなかに女子高生の姿が浮かびあがった。上着は着ていない。ブラウスにチェックの短いスカートを穿《は》いていた。

腰が高くて足が長い。右手を突き出して親指を立てていた。そのブラウスの胸の膨らみがおれの好き心を誘った。

が、いまはヒッチハイクの女子高生どころではない。逃げられるところまで逃げないと、それこそおれの命が危ない。

しかしヘッドライトの明かりのなかに伸びあがるようにしている少女の必死の面持ちが、どこか胸の深いところでおれに触れたようだ。自分でもそうと意識せずにブレーキを踏んでいた。車を路肩に寄せてサイド・ウインドウを開けた。

「おじさん、お願い」

少女が車のなかを覗き込んで言う。

「追われているの、乗せて――」

誰に追われているのか。どうして追われているのか……それぐらいは訊くべきだったかもしれない。だが、訊く気になれなかった。多分、いまのおれにはそんなことはどうでもよかった。

が、そうではあっても、おれは自分が言った言葉に驚いていた。けっして、そんなことを言うつもりはなかったはずなのだが……ふいに体の底に動いた衝動を抑えることができなかった。

「裸になるんだったら乗せてやってもいい」

少女は驚いたように身を引いた。高いところからおれの顔を見た。えーっ、と語尾を引っ張るように言って、信じらんない、と言った。

「そうかい。じゃあ勝手にしな」

うなずいて、ギアを入れようとした。

その手を少女が押さえた。

「お願い、待って」

と少女は言い、交差点を振り返った。

はっきりとは見えない。しかし交差点に向かって走ってくる数人の人影があるように感じた。気のせいではないと思う。なにか凶暴な気配のようなものを感じた。

「わかった、おじさんの言うとおりにするよ」

少女は助手席に回り込んで車に乗った。ひどく慌てているらしく、ドアを必要以上に強く閉めた。その音が、バタン、と闇のなかに鳴り響いた。悲鳴に似ていた。

信号は赤だった。が、かまわずに車を発進させた。

「まず」おれの声がわずかにかすれた。「おっぱいを見せてもらおうか」

少女はおれの顔を見た。何か言うかと思ったが何も言わなかった。うなずいて、おれのほうに体を向けた。紺のリボンを外し、ブラウスのボタンを外した。ブラの胸があらわになった。

背中に手をまわしてブラのフックを外す。ひどく思い切りがいいようだが、あるいはそうすることで逆に恥ずかしさを隠しているのかもしれない。おれを見る目がかすかに涙ぐんでいるようだった。頬にわずかに赤みがさしていた。

バストはまだ発育しきっていない感じだった。小ぶりだがかたちがいい。ポツンと茱萸《ぐみ》のように赤い乳首がかわいい。

耐えきれずにバストに手を伸ばした。その感触が指の腹に吸いつくようだ。ゆっくりと揉んだ。

「ああ」と少女はうめいた。

2

何かに導かれるように五本の指が自然に動いた。少女のバストを揉みつづける。こんなに柔らかいものがこの世にほかにあるだろうか、と思った。そして、なにか泣きたいような気分になった。妙だ。どうして泣きたいような気分になったのかわからない。泣きたいことなど何もないのに。あるいは泣きたいことばかりで、いまさら泣いたところでどうにもならないのに……

左手だけでステアリングを操作する。右手は少女のバストを揉みつづけている。車がリズミカルに振動し、ハミング音を奏でる。いつのまにか五本の指がそのハミング音にあわせて動いている。車の振動にあわせて動いている。

おれの指は不器用でこれまで楽器を一度として奏でたことがない。音楽の才能など皆無なのだ。それなのに子供のころからミュージシャンになりたかった。なりたかったのになれなかった職業は数えきれないほどある。人生はやりたかったのにやれなかったことばかりだ。

ミュージシャンになりたかった。一度でいいから女子高生と寝たかった。結局は、むなしい夢に終わるし、むなしい妄想に終わるだろうと思っていた。それなのにいまおれは女子高生を演奏している。夢が成就し、妄想がかなった。

少女のバストはわずかに汗ばんでいた。バストのあわいに汗が光っていた。その汗に指先がかすかに粘った。衝動的に少女の後頭部をつかんでいた。そのバストをおれの唇まで引き寄せた。バストの汗を舐めた。舐めたというより吸った。

「ウーン」

少女がくぐもったうめき声をあげた。少女のなかで何かが崩れた。一度崩れると、とめどもなしに崩れていった。おれにはそれがわかった。

少女のバストを吸いつづけた。その証拠にアクセルをさらに強く踏みつけた。車を加速させた。いや、忘れてはいない。自分が車を運転していることを忘れていた。このまま、どこかガードレールにでも激突して、少女と一緒に死んでしまいたかった。名前も知らない、会って五分とたっていない、しかしいまとなっては誰よりも近しい存在に感じられる少女と――

「ウーム、ウウーン……」

「崩れろ」おれが言う。「もっと崩れろ」

「ああ、あああ、あん」

「もっと、もっと」おれが言う。「お願いだから、もっと――」

「ああ、ああ、ああ……」

ふいに少女がおれにしがみついてくる。おれの頭を抱き寄せる。腰を浮かせる。シヨーツがあらわになる。白いショーツ。すでに股にしみが滲《にじ》んでいる。なにか濃厚なにおいが香りたった。

「脱いでいい？　脱いでいい？」

「いいさ」

「脱ぎたい、脱ぎたいよー」

「脱げよ」

「脱がせて」

「自分で脱げよ」

「脱がせてくれないの」

「きみが自分で脱ぐところを見たい。きみのおしりを見たい」

　少女が笑い声をあげた。かすれて、どこか泣き声に似ていた。

　身をくねらせるようにし助手席に這《は》った。自分でスカートをたくしあげた。臀部《でんぶ》が剥《む》き出しになった。臀部の膨らみに水着のあとがくっきり浮かびあがっていた。

　尻の割れ目にTバックが細い一本のヒモのように食い込んでいた。臀部に指を這わせてショーツの間にそれを食い込ませた。ショーツがほどけて座席にはらりと落ちた。少女の尻を撫でつづけた。手の動きにあわせて少女がゆるやかに尻をくねらせる。

少女の尻のあいだに指をぐらせて膣をまさぐる。陰毛がしだいに濡れていくのがわかる。そのまま流れるように内股に手を泳がせる。手のひらにかすかに油に似たぬめった感触が残った。

「ああ……」

ふいに少女がまた座席に身をくねらせた。おれのほうに顔を戻す。両足を胸に引き寄せるようにして可能なかぎり体を縮めた。そして、おれのことを見つめる。その一方の目を一筋の髪が隠していた。だから少女の表情をよく読みとることができなかった。少女はこのとき何を考えていたのだろう。

なにか挑むようにズボンのジッパーに指を伸ばしてきた。しなやかな指の感触がズボンのうえからおれの硬直に触れた。

「おじさんのって硬いのね、って言ってくれないか」

五十代にさしかかったおれにはもう誰もそんなことは言ってくれないから。

「えー」

「硬くて大きいのね、って言ってくれないか」

かすかに少女の表情が動いた。笑ったのだろうか。おれとしては、憐れみをかけられた、とは思いたくないのだが。

少女がソッとおれの耳に唇を寄せて息を吹きかけた。そして甘い声で言う。

「凄ッい！　おじさんのオチンチンって硬くてとても大きいのね」

3

少女の指がおれのズボンのベルトを外す。そして一気にジッパーを下ろす。すでにペニスは隆々と猛《たけ》っている。撥《は》ねあがった。その硬直感が火のように熱かった。

少女が親指と人さし指で亀頭を優しく挟み込むようにする。そして他の三本の指を滑らかに這わせた。

そのときにはおれの指も少女の膣のなかに入っていた。人さし指、そして中指……二本の指を動かした。

指を膣に出し入れするたびに感触が滑らかになっていくのを感じる。ひめやかに湿った音が聞こえてきた。そうやって徐々に肉ヒダをほぐすようにしていく。かすかに性臭がたちのぼった。

「あ、ああん」

ふいに少女が声をあげる。腰を浮かせるようにした。対向車線にすれちがう車がそんな少女の顔を、一瞬、ヘッドライトで切り取っては、ふたたび闇の底に沈める。なにか燈台の灯が遠い闇をかすめて遠ざかるよう。

少女はすぐそこにいるのにそこにはいない……そんな思いが胸をかすめる。切ない思いに胸をふさがれる。

子供のころのことだ。綺麗《きれい》なチョウを捕まえた。たしかに捕まえたとそう思った。ところがネットの端を持ちあげるとどこにもチョウの姿はなかった。そんなことが何度もくり返された。そのうちに自分にはもう綺麗なチョウは縁がないものだと思うようになった。綺麗なチョウはいつもどこかに飛び去ってしまう。五十代のこの歳になるまでついにチョウがおれのもとにとどまったことはない。

——今度もまたそうだろうか。

そうでなければいい、と願うばかりなのだが。

薄い莢《さや》のようなものを指先に感じた。莢をむいて突起をあらわにする。その突起を二本の指先で挟んで揉みあげるようにする。ピシャピシャという湿った響きが走行のハミング音にまぎれ込むようにして、しかし、かき消されることなしに聞こえている。

多分、その音を消したいとそう願ったのにちがいない。少女はカー・ラジオのスイッチを入れた。するどいサックスの音が鳴り響いた。それが少女のあげる悲鳴のように聞こえた。

「ああん……ああん……」

少女が腰を浮かせて沈める動きをリズミカルにくり返している。ブラウスの前が完全にはだけてそこに円錐形のバストが突きだしている。バストに繊細な静脈が浮いていた。ヘッドライトがかすめるたびにそれが白い雪山のように浮かびあがる。腰を上下させるのに連動してかすかに揺れた。

おれの勃起はすでにハンドルの下端に達するほどになっている。腰をかなりシートの前部にずらさないと勃起がハンドルに引っかかってしまう。非常に運転しづらい。

これで事故でも起こしたら保険はおりるだろうか……おれはふとそんなことを思

う。そして自分の考えていることのあまりの滑稽さにクスクスと笑う。

その笑いが自分でもやや異常なものであることに気がついた。痙攣《けいれん》するように笑っている。実際、笑うどころではないのだ。それどころではない。

狂おしいまでの激しさで体のなかに満ちてくる欲望と、それでも冷静に運転をつづけなければならないという思いに、自分が二つに引き裂かれているのを覚える。その両者がもうどうにも折り合いがつかない。

「頼む……頼む……」

おれの声が二つに引き裂かれてかすれた。

少女は逡巡《しゅんじゅん》したかのように見えた。が、それはほんの一瞬のことで、さらに体をずらし、腰を高々と突きあげるようにすると、左手で髪をかきあげ、右手で勃起をつかんで、それにその唇を滑らせた。

なにか、羽毛のように柔らかなものが肉茎に触れたかに感じられた。その羽毛はかすかに濡れて冷たかった。

いったん少女の唇がおれの勃起から離れた。おれを見つめた。

多分、そのときの少女の視線を忘れることはないだろう。対向車線に車がすれちがった。高らかに鳴り響くフォーンの音とともに、ヘッドライトが車のなかをセンサーのように過ぎ去っていった。少女の胸の双丘を光と影がなめらかに移動していった。その股間に繁る陰毛が露をはらんでいるように濡れそぼっているのがかすかに光った。

「おじさん」と少女がなにか挑むように言った。「わたしのこと愛してる?」

「愛……」

なにか非常に思いがけないことを聞いたかのように感じた。おれが誰かを愛したのは、ずいぶん若いころのことであり、それすらいま思えば虚妄《きよもう》の愛でしかなかったように感じる。もう長い間、人を愛したことも愛されたこともなかったように思う。それでも幸せかと問われれば、幸せなはずはないが、しかし自分が幸せであるかどうかすら気にかけなくなってすでに久しい。

——おれはこの少女のことを愛しているか。

行きずりに拾った女が尋ねるにしてはあまりに突飛な質問ではないか。すでに初老の年齢に達して、生きる希望も張り合いもなくしたおれのような男は、それに対しては冷笑をもって報いるしかないのではないか。

だが、冷笑で応じるかわりに、おれはこう答えていたのだ。

「ああ、愛してる――」

4

少女は真剣な表情でうなずいた。

また唇をおれの勃起に触れた。舌を動かして上下させた。ネコがミルクを舐めるような音。唾液に包まれた勃起が揉みしごかれてピチャピチャと濡れた音をたてた。淫らな音ではあるが、しかし、どこか神聖な響きのようにも聞こえる。

おれは少女に育てられていた。少女はおれの女神であり、恋人であり、多分、母でもあったのだろう。

こわばりが鋭く、鋭く、どこまでも鋭く、ナイフのように尖るのを感じた。おれのなかに、ギラギラとまばゆい、しかし何もない世界が際限もなしにひろがっていくのを覚えた。おれの勃起はその虚空のなかに突き刺すように屹立《きつりつ》している。何かそれだけが別の生き物でもあるかのように。

——別の生き物……獰猛《どうもう》で、凶暴な、別な生き物ででもあるように……

多分、その獰猛さ、凶暴さは、おれに対して向けられたものだったろう。何十年もの時間を飛び越して鋭利な刃物のようにつきつけられた。

何十年もの時間を飛び越して……そう、記憶にあるかぎり、おれがこれほどまでに荒々しく猛ったことは、二十代を最後に絶えてなかったように思う。

あまりに猛り狂っているために、睾丸を包む皮膚が薄く引きのばされ、引きつれたようになってしまっている。そのために睾丸の存在がありありと感じられ、それが妙な切迫感を誘う。自分が一人の男であることを——それ以上でも以下でもないことを——久しぶりに実感させられて、切ない思いをつのらせた。

「ムふん、ムふふふん」

少女は勃起を含んで、頭をわずかに上下させながら、その右手の指の動きで、おれの睾丸を弄《もてあそ》んでいる。親指と中指の繊細な動きでおれの睾丸を転がすようにしているのだ。

おれのこわばりは獰猛さを増す。睾丸を包んでいる皮膚がさらに薄く引き延ばされたようになる。実感としては少女の指のなかで睾丸が剝き出しになったかのようだ。

少女の爪の感触さえありありと睾丸に感じた。

その一方で、少女はおれの勃起をゆっくりと舐めあげながら、左手でしごいている。睾丸を右手の指の間に転がし、ときに手のひらで包み込むようにする。何かを絞りだすように揉んでいる。

これで車の運転に集中しろというほうが無理だろう。ヘッドライトの明かりに白く浮かんだ路面が目のなかに滑るように流れ込んでくる。黄色い車線、路面に映える信号の赤い色、時速表示の白い文字……ああ、なにもかもがおれの勃起に凝集し、少女の口のなかに溶けていくかのよう。

少女の指の感触、まれに歯の感触を感じたときなどには、あまりの快感に、そうしたものが一つに溶け込んでしまう。一つに溶け、それが目に染みて、そのまま頭の底に焼きつけられる。何か鮮烈に赤いものがどこかでグルグルと渦を巻いている。

勃起をくるむような少女の舌の感触、その甘い吐息を感じるたびに、おれは自分でもそうと意識せずにアクセルを踏み込んでしまうのだ。

いま車が何キロで走っているのか、おれはそれを確認することさえ忘れている……おれはわずかに尻を座席から浮かしている。少女が勃起を舐めあげ、撫でさするのにあわせて、体を動かしている。それが自然に車の振動にリズムをあわせるようになっているのが自分でもおかしい。

勃起のたかぶりが限界に達しようとしているのがわかる。極限まで充血してそそり立っている。輸精管を粘液が噴きあがる感覚がある。それに懸命に耐えているのがすでに快感というより苦痛に近い。いまにも射精しそうだ。

少女はそれを察したのか、指で撫《な》でさするのはやめて、かすかに小指と中指を触れるにとどめている。頭を上下させるのをやめて、舌の先でちろちろと亀頭を刺激する。その羽毛が触れるような感覚がなおさらに勃起を刺激する。頭のなかに何か赤いものが急速に膨らんでいって、どこかで鐘が連打されているかのように感じた。

——もうダメだ……

おれは観念した。いや、観念しようとしたが——

行きずりの女子高生とこういうことになったからといって、こちらまで青くさい高校生になったかのように、彼女の口のなかで果てていいものか。いや、青くさい高校生であれば、ものの二、三分もすればすぐに回復するだろうが、五十をすぎたおれにはもうそれだけの回復力は望めない。それでおしまいになってしまうだろう。

——勿体《もったい》ない。

と言ってしまったのでは、あまりにさもしい気がするが、要するにそういうことだろう。これで終わりにしてしまうのではあまりに勿体ない。これでは十分ではない。もっと、もっと何かが欲しい。それにはどうすればいいか……

「縛ってくれ」おれの口からそれまで思ってもいなかった言葉がほとばしり出た。

「お願いだ。おれを縛ってくれ——」

5

「エーッ」

少女は勃起から口を離して、驚いたようにおれの顔を見た。自分でもそうと意識せずに手の甲で唇を拭う。唇からあごにかけてかすかに粘るように光っていた。

「だってー、そんなことしたら運転できないしー」

「違う、ちがう……」おれは視線で勃起をさした。

少女はそれだけでおれの意図するところを察したようだ。そうかー、と言い、笑い声をあげた。その笑い声が風邪《かぜ》を引いたようにかすれていた。

――この子も興奮しているんだ、と思った。おれの勃起をくわえて舐めさすって興奮している、淫乱な子なんだ……実際には、本当に淫乱だと思ったわけではない。そう思うことでおれのほうも興奮を誘われる。そうやって自分をたかぶらせた……

少女は笑っている。だが、その笑い声はかすれてどこか不自然だ。笑うというより、あえいでいるといったほうがいいかもしれない。

少女は笑いながら――

制服のスカーフを取るとそれですばやくおれの勃起の根元を縛りあげた。しごくように強く、強く縛りあげる。最後にからかうように人さし指で勃起を弾《はじ》いた。勃起が旗竿のようにかすかに揺れた。

「あう……」

それだけでおれは声をあげている。痛いとも切ないとも何ともいえない感覚に襲われてしまう。

おれは女子高生の制服のスカーフにペニスを縛りあげられている……そう思うことで何か甘酸っぱいような思いが胸にこみあげてくるのを覚えた。被虐感だろうか。おれは自分でもそのことに驚いていた。この歳になるまでおれは自分のなかにマゾヒスティックな嗜好《しこう》があることに気がついていなかった。

少女も敏感におれの気持ちの変化に気がついたようだ。あるいは少女のほうがおれよりもテクニシャンなのだろうか。経験が豊富なのか？　そうかもしれない。だが、必ずしもそうとばかりは思わない。

多分、少女はおれよりもはるかに自然に流れにしたがって感情を遊ばせることにたけているのだろう。自分を流れのままに泳がせることに慣れている。多分、それこそが、おれたち大人の男がとうの昔に忘れてしまったことなのだろう。

少女はふいにおれの体から離れて裸の背中を車のドアにつけた。そのときに対向車とすれちがった。ヘッドライトの明かりが、彼女の乳房から、平たい腹部、意外に濃い陰毛を舐めるようによぎった。

まるでコピー機の光が動くように……どこか、おれの知らないところで彼女の裸体がコピーされているのではないか。ふとそんな妙なことを思ったのを覚えている。

少女は軽くおれの勃起を蹴った。そして芝居めいた口調で言う。

「やらしいなー、おじさんさー、絶対、わたしの親父より年上なんだよ。娘より若い女にチンポ縛られて、いい気ンなってシル出してんじゃーねーよ、汚ェーな」

そう言って少女は座席のうえで大胆にM字型に開脚して見せた。そして挑むように自分の秘所を指の先でひろげた。サーモンピンクの肉襞があらわになった。露をはらんで陰毛を濡らしていた。

「女子高生のオナニー見たいだろ。見せてやるからよー、粗相《そそう》するんじゃねーぞ。すぐに出したらまた蹴飛ばしてやるからな」

自分で自分の言葉に興奮したように股の間に右手を入れる。クリトリスを指のあいだで揉むようにする。指を秘裂に滑り込ませる。そして左手で乳房を包み込むようにしてそれをゆっくりと回した。

あのネコがミルクを舐めるような音が聞こえてきた。最初はひそかに、やがてはっきりと耳に届くようになった。

太腿から臀部にかけてナメクジが這ったあとのように濡れぬれと粘っている。指を動かすたびにその濡れた部分に艶やかに光が移動した。

「ああ、ああン……」少女の吐息がしだいに甘やかなものになっていった。「ああ、ううん、うフン……」

それにともない、おれの勃起が急速に痛みはじめた。少女のスカーフがきりきりと食い込んでくるのを感じていた。うめき声が洩れた。うめき声が昂ぶりに変わった。大声を放った。怒りに似ていたが、もちろん怒りではない。どこかで演技をしている自分を意識していた。その演技に溺れきることが大切なのだ、と自分に言いきかせていた。

「バカやろう、大人を舐めんじゃねーぞ。こら——」

少女の頭に左手を伸ばして自分のほうに引き寄せた。反射的に抵抗しようとするのを無理やりに押さえつけるようにして勃起にその顔を近づけてやった。

「おら、飲ませてやるからよ、飲めよ」

おれと少女はスイングするように互いの役割を交替させていた。たしかにゲームかもしれないが。このゲームには男と女のどこかのっぴきならない切実感のようなものがあった。

6

少女はあらがうような動きを見せた。だが、それはほんの一瞬のことで、すぐにまた頭を上下させて、スロートを始めた。左手で勃起をこすりたてて、右手で器用にスカーフをほどいた。

赤黒い勃起が少女の繊細な紅唇の間を往復する。その唾液をねっとりとこすりつけるような動きに今度こそおれは限界まで容赦なく追いあげられていった。

耐えきれずに放った。

「ウ……」

少女はうめいておれの迸《ほとばし》りから顔をそむけた。

しかし完全には避けきれなかったようだ。そのあごに一筋、白い濁液が滴《したた》った。少女はそれを手の甲で拭った。そして、おれを見てニコリと笑った。とても色っぽかったし、それ以上に、とても清純なものを目にしたかのようにも感じた。

おれは萎《な》えた。

疲労感が濃かった。

すれ違うヘッドライトが黄色味を増したように感じた。

前方に視線をすえて、ハンドルを握りしめた。運転に集中することを心がけた。

「よかった?」少女が訊いた。

「ああ」

「幸せだった?」

「ああ」

「また幸せになりたい」

「なりたくてもなれない。もうとしだからな」おれは自嘲した。グローブボックスからティッシュを取り出そうとした。

「そんなことないよ」それを少女が押しとどめた。クスクスと笑いながら言う。「そんなことないって。それに、まだ、わたし終わってないし—」

そして裸の背中をドアに押しつけるようにして両足を開いて見せた。指で膣をひろげるようにした。

少女は笑って言った。「今度は、行くまで見せたげるよ—」

ヘッドライトがよぎる。

その明かりのなかに、生赤いクリトリスが浮かんだ。それを優しく指でこすりたてた。サーモンピンクの襞が濡れて、滴って、かすかに音をたてて、
闇に沈んで、明かりに浮かんで、また闇に沈んで、明かりに浮かんで――

「ああン……むふうン……」

その声を聞いておれのなかに獰猛な衝動が湧き起こるのを覚えた。獰猛で、若々しい衝動だった。

若いときには一晩に二度するのが当たり前のことだと思っていた。その若さはすでに自分からとうに失われたものだとばかり思っていた。

そのころの自分に戻っていた。それまで眠っていた野獣が何十年ぶりかに目を覚ましたかのように思えた。一瞬、目を覚ましたことに戸惑い、そして荒々しい歓喜の声を放っていた。

耐えきれずにハンドルを切った。車を路肩に寄せて急停車させた。ブレーキ音が金切り声の悲鳴を放った。ギアをストップに入れた。エンジンはかけっぱなしにしておいた。それどころではなかった。

シートをできるかぎり後ろにずらして少女の体を膝のうえに引き寄せた。下から杭を打ち込むように彼女のなかに入った。腰を激しく突きあげた。

「ああン、凄いよ、おじさん、凄い」

少女がおれの背中にまわした腕に力をこめた。

「なにが凄い」

「おじさんのオチンチン」

「どう凄い」

「スッごい気持ちいい」

「どこが気持ちいい」

「オマンコが」と少女は言った。「気持ちいいよう」

放出した。

いつまでも放出した。こんなに大量の放出は絶えてなかったことだった。

「ああン……」

それにあわせて少女が激しく体を前後に振った。まるで快楽を自分で自分のなかに打ちつけるように。乳房が揺れて肌に湿った音をたてた。なにか揺れているのを見るのが痛々しいような気がしてそれを両手で包み込むように押さえた。愛撫した。
ふいに少女の体がおれのうえに倒れ込んできた。抱きついてじっとした。かすかに
リンスのにおいがした。そして笑う。
クスクス笑いながら車の外に出ていった。おれのほうを向いて腰を落とした。おれ
を見ながら放尿する。その放物線が行きすぎるヘッドライトに銀色のきらめきを放っ
た。かすかに湯気がたちのぼった。
そのとき一台の車が猛烈な勢いで突っ込んでくるのが見えた。
少女がショーツもあげずに車のなかに飛び込んできて、あいつら追ってきたよ、逃
げて、と叫んだ。とっさにギアを入れてアクセルを踏み込んだ。発進した。
走った。どこまでも走りつづけた。裸の道路《ネイキッドロード》を——。

山川健一（やまかわ　けんいち）
一九五三年生まれ。早稲田大学在学中から執筆活動。七七年、大学内での内ゲバ殺人に題材を採った『鏡の中のガラスの船』で『群像』新人賞優秀作受賞。著書に『水晶の夜』『安息の地』『ジーンリッチの復讐』など。最新作は『五木寛之を読む――困難な時代を生きるテキストとして』。

春口裕子（はるぐち　ゆうこ）
一九七〇年、神奈川生まれ。慶応大学文学部卒。損害保険会社に入社。自動車事故サービス部、広報部を経て退社、執筆活動に入る。二〇〇一年『火群の館』で第2回ホラーサスペンス大賞特別賞を受賞、作家デビュー。著書に『女優』などがある。

内藤みか（ないとう　みか）
一九七一年生まれ。女子大時代、ふられた腹いせで書いた官能小説でデビュー。若妻ものやインターネットものなどで定評。著書には『いじわるペニス』『母性本能』など多数。最近はケータイ小説でも好評。http://www.micamica.net

斎藤純（さいとう　じゅん）
一九五七年、岩手県盛岡市生まれ。立正大学文学部卒。八八年、『テニス、そして殺人者のタンゴ』で作家デビュー。九四年、『ル・ジタン』で第四十七回日本推理作家協会賞短編部門受賞。著書に『銀輪の覇者』『モナリザの微笑』『ただよう薔薇の午後』など。最新作は『龍の荒野』。

小沢章友（おざわ　あきとも）
一九四九年佐賀市生まれ。早稲田大学政経学部卒。『遊民爺さん』で開高健賞奨励賞。『夢魔の森』『運命の環』『曼陀羅華』『不死』『龍之介地獄変』などの著書がある。最新作は『ムーン・ドラゴン』。

菅野温子（すがの　あつこ）
静岡県生まれ。立命館大学文学部哲学科卒。九一年、スポーツ新聞でポルノ作家としてデビュー。女性寄りの視点でのセックス描写をめざす。著著に短編集『脱皮』『エロティック小説完全創作レシピ』『占星術師　日下部由水子』など。最新刊に『蜜欲の情人』。

浅暮三文（あさぐれ　みつふみ）
一九五九年、兵庫県生まれ。広告代理店勤務を経て、九八年に第八回メフィスト賞『ダブ（エ）ストン街道』でデビュー。二〇〇三年『石の中の蜘蛛』で日本推理作家協会賞。近著は『針』『ラストホープ』『嘘猫』『実験小説ぬ』など。

藤水名子（ふじ　みなこ）
一九六四年、東京生まれ。日本大学中退。推理作家協会会員。『涼州賦』で九一年小説すばる新人賞受賞。著書には『開封死踊演武』シリーズ、『風月夢夢・秘曲紅楼夢』『覇王残影』『赤いランタン』ほか多数。

渡辺やよい（わたなべ　やよい）
早稲田大学卒。学生の頃から漫画の投稿を重ね、二十歳で「花とゆめ」でデビュー。数年後、レディスコミックに移行し、過激な性描写で「レディコミの女王」の異名を取る。二〇〇二年新潮社の第二回R－18文学賞の読者賞を獲得し、以後文筆業と二足のわらじで活躍中。最新作『走る！漫画家』『そして俺は途方に暮れる』『てっぺんまでもうすぐ』など。

山田正紀（やまだ　まさき）
一九五〇年愛知県生まれ。七四年明治大学卒。同年『SFマガジン』に『神狩り』でデビュー。以後、SF、幻想、ミステリーなど多彩なジャンルで小説を執筆。〇二年、『ミステリ・オペラ』で第五十五回日本推理作家協会賞長編と第二回本格ミステリ大賞を受賞。著書に『渋谷一夜物語』『イノセンス』など多数。

（この作品は、平成十五年十月～平成十七年三月にかけて「日刊ゲンダイ」紙上にて「官能競作シリーズ」として掲載されたものを再構成したものです）

一〇〇字書評

切り取り線

購買動機（新聞、雑誌名を記入するか、あるいは○をつけてください）	
□（　　　　　　　　　）の広告を見て	
□（　　　　　　　　　）の書評を見て	
□ 知人のすすめで	□ タイトルに惹かれて
□ カバーがよかったから	□ 内容が面白そうだから
□ 好きな作家だから	□ 好きな分野の本だから

●最近、最も感銘を受けた作品名をお書きください

●あなたのお好きな作家名をお書きください

●その他、ご要望がありましたらお書きください

住所	〒				
氏名		職業		年齢	
Eメール	※携帯には配信できません		新刊情報等のメール配信を 希望する・しない		

あなたにお願い

この本の感想を、編集部までお寄せいただけたらありがたく存じます。今後の企画の参考にさせていただきます。Eメールでも結構です。

いただいた「一〇〇字書評」は、新聞・雑誌等に紹介させていただくことがあります。その場合はお礼として特製図書カードを差し上げます。

前ページの原稿用紙に書評をお書きの上、切り取り、左記までお送り下さい。宛先の住所は不要です。

なお、ご記入いただいたお名前、ご住所等は、書評紹介の事前了解、謝礼のお届けのためだけに利用し、そのほかの目的のために利用することはありません。またそのデータを六カ月を超えて保管することもありませんので、ご安心ください。

〒一〇一－八七〇一
祥伝社文庫編集長　加藤　淳
☎〇三（三二六五）二〇八〇
bunko@shodensha.co.jp

祥伝社文庫

上質のエンターテインメントを！　珠玉のエスプリを！

祥伝社文庫は創刊15周年を迎える2000年を機に、ここに新たな宣言をいたします。いつの世にも変わらない価値観、つまり「豊かな心」「深い知恵」「大きな楽しみ」に満ちた作品を厳選し、次代を拓く書下ろし作品を大胆に起用し、読者の皆様の心に響く文庫を目指します。どうぞご意見、ご希望を編集部までお寄せくださるよう、お願いいたします。

2000年1月1日　　　祥伝社文庫編集部

Ecstasy《エクスタシー》　アンソロジー

平成17年10月30日　初版第1刷発行

著者　山川健一《やまかわけんいち》・春口裕子《はるぐちゆうこ》
内藤《ないとう》みか・斎藤《さいとう》純《じゅん》
小沢章友《おざわあきとも》・菅野温子《すがのあつこ》
浅暮三文《あさぐれみつふみ》・藤水名子《ふじみなこ》
渡辺《わたなべ》やよい・山田正紀《やまだまさき》

発行者　深澤健一
発行所　祥《しょう》伝《でん》社《しゃ》
東京都千代田区神田神保町3-6-5
九段尚学ビル　〒101-8701
☎03(3265)2081(販売部)
☎03(3265)2080(編集部)
☎03(3265)3622(業務部)
印刷所　錦明印刷
製本所　ナショナル製本

ISBN4-396-33253-X　C0193

祥伝社のホームページ・http://www.shodensha.co.jp/